什麼鬼社團
高中社團靈異事件簿
路邊攤 著

作者序

國小跟國中的時候，加入好玩的社團一直是我對校園的憧憬。

而就讀專科的時候，我終於加入了社團，還擔任了社長，不過那是一個由學校創立、為了校內身心障礙學生而成立的服務性社團，剛好前任社長跟老師之間有些衝突在吵架，認識的老師便請我幫忙接社長，我就答應了。

當時的社團生活跟我想像的有不小差距，雖然很有意義，但跟其他多采多姿的社團比起來還是遜色了一點，每到社團評鑑時，我總會羨慕其他社團展示出來的活動，因為看上去真的比較好玩。

因此在這次的故事裡，我創造了幾個現實中「可能」不會存在，但如果真的有的話一定會很好玩的社團。

這些社團都是根據我以前聽過或遇過的校園傳說改編的，畢竟每間學校一定都有屬於自己的鬼故事。

在我讀的小學裡，司令台下的倉庫是學生間流傳的熱門鬧鬼地點，因為那扇門從來沒被打開過，連老師都不知道原因，甚至有學生聽到裡面傳來淒厲的哭聲。

讀國中時，幾名女同學在班上嘗試玩錢仙，剛好坐旁邊的我猶如身處搖滾區，聽她們不斷叫著「動了動了」「真的自己在動」，真的是臨場感十足，不過老師發現後把她們訓過一頓，她們就不敢再玩了。

還有專科學校裡的水池，學生間有一個不成文的規定，就是過生日的人一定要被扔水池，聽說以前有學長被扔進去後溺死，但這個傳統還是延續到現在。

這些經歷在這次的故事裡變成了三種獨具特色的社團：鬼抓人社、作弊社、水怪社。還有一個生命禮儀社，或許是因為我小時候曾失去過一位朋友，所以對這個主題特別有感觸。

小學，我曾短暫進入國樂社練習，但總是演奏得很糟糕，還好我不孤單，有另一位同學總是跟我作伴、陪我一起被老師罵，雖然我跟他是不同班的，但我們的感情很好，總是互相扶持，直到有一天他沒來練習，我才知道他去世了。

小學的我們對死亡還一知半解，只知道他再也不會來練習了，就只是這樣而已。

直到現在我已經忘了他的名字跟長相，只記得有這樣一位同學存在過，如果學校裡也有生命禮儀社，能讓學生知道死亡的意義，我一定會把當時的記憶努力珍藏起來，永遠不會忘記。

最後是身為主角的偵探社，當時受到名偵探柯南的影響，在學校開一間偵探社不知道是多少人的夢想。

這次的故事滿足了我之前的幻想，希望也能滿足正在閱讀的大家。

畢竟校園裡最迷人的，正是那些我們曾經幻想過、卻從來沒發生過的故事。

【小叮嚀】

本書涉及自殺相關內容，閱讀時請留意情緒變化。
若您感到痛苦或難以應對，請勇敢尋求協助：

☎ 1925 安心專線（24 小時）

☎ 1995 生命線協談專線

☎ 1980 張老師專線

更多心理健康資源請參考：衛福部心理健康司網站

目錄

#1 偵探社

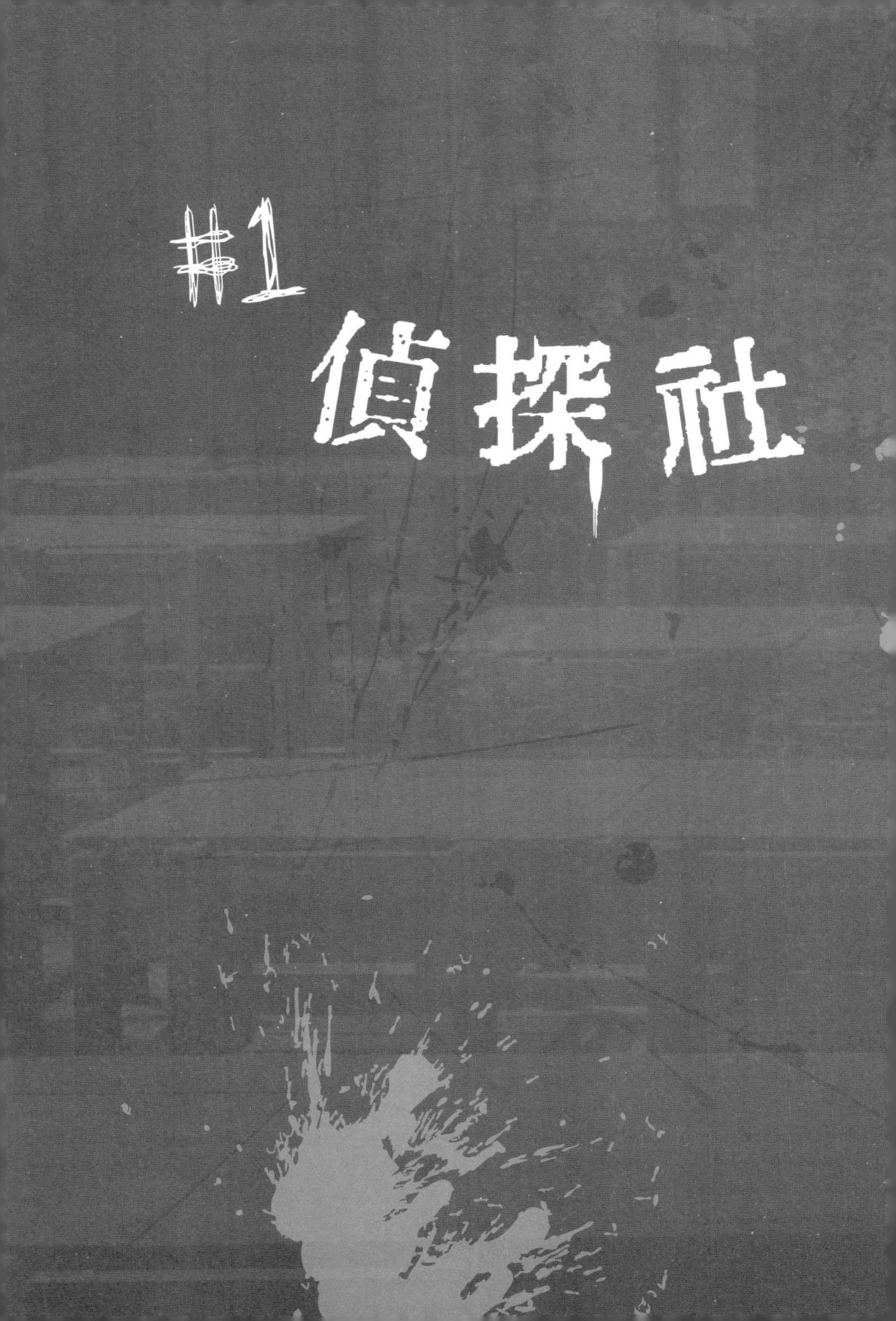

#1 偵探社

「請問有什麼事？」

昕陽高中校門口，跟這句話一起出現的，除了保全懷疑的口氣之外，還有可怕的肅殺眼神，儘管我已經說我是要來參加社團活動的指導老師，保全眼神中的殺氣還是沒有減少。

這也難怪，即使我已經穿上衣櫃裡唯一沒破洞的襯衫，可仍無法掩蓋我身為打工族的頹廢感，加上這是我擔任指導老師後第一次來學校，難怪保全會對我抱有戒心。

「請問是哪個社團？」保全又問。

「呃……」短暫猶豫後，我還是說出了社名：「偵探社。」

「偵探社？」保全跟警衛室裡的同事交換眼神，問：「我們學校裡有偵探社？」

警衛室裡的保全聳聳肩膀，表示他也不知道，兩人臉上都掛著問號，偵探社這種只會出現在漫畫小說裡的名字，怎麼會真實出現在校園裡？

說出偵探社這三個字連我自己都覺得尷尬，我趕緊又說：「保全大哥，不然這樣吧，我打電話請社長下來接我，我在這裡等就好。」

「好吧，」保全答應了，可他還是不放心地說：「請你待在警衛室前面，不要離開我們的視線範圍就好。」

我趕緊撥出電話，幾分鐘後，一名女學生就喊著我的名字從校園裡跑出來：「昊祺哥，這邊！」

那女學生就是昕陽高中的偵探社社長，李曉澄，她有一頭柔順的長黑髮，配上顯眼的白皙皮膚，給人的第一印象就是陰森的暗黑系少女，但只要她一開口，那宏亮的嗓門就會打破這個形象，特別是談到推理、謎團這些話題時，她的瞳孔更會像鎖定獵物的貓一般猛然放大，不抓到獵物絕不罷休。

曉澄像是已經等不及般，拉起我的手就把我往校園裡拖，除了嗓門，她的力氣也比一般高中生還大，在她還是國小生的時候，我就領教過她拳頭的威力了。

「昊祺哥，快點！這次是真的事件，需要你幫忙！」曉澄的眼神裡閃爍著興奮的光芒，彷彿她的人生就是為了這一刻而存在。

「沒想到偵探社真的能接到事件。」我苦笑著說。

曉澄回頭瞪了我一眼，說：「什麼話！昊祺哥你願意當偵探社的指導老師，不也是為了這一刻嗎？」

才不是，我是為了鐘點費才來當指導老師的，我這麼想著，但沒說出口，只是認命地被曉澄拖著走。

曉澄一開始跟我說她要在學校成立偵探社的時候，我以為她在開玩笑，直到我瞭解昕陽高中的規定後，才發現她是認真的。

昕陽高中的特色就是多元化的學生社團，社團活動時間是禮拜三跟禮拜五下午的第七節課跟第八節課，也可以自由延伸到放學後，為了鼓勵學生獨立創新，除了常見的社團外，學生也可以自創社團，沒有任何限制，只要不牽涉到犯法的事情就行，條件是必須由沒有前科的大人擔任社團指導老師，找校外人士也可以。

因為社團規定過於開放，昕陽高中因此出現許多奇怪的社團，偵探社就是其中一個，聽說還有專門幫人告白的告白社、研究自製泡麵的泡麵社、只有左撇子能加入的左撇子社等等。

至於我，我叫沈昊祺，是偵探社的指導老師，其實我根本不是偵探，只是以前寫過幾本靈異推理小說，但都賣不好，現在到處打工維生。

我跟李曉澄很久之前就認識了，他們一家是我的鄰居，曉澄從小學開始就是個活動力跟好奇心特別旺盛的女孩子，而且是個瘋狂的柯南迷，不是寫福爾摩斯的柯南道爾，而是青山剛昌的名偵探柯南。

她書櫃裡不只有全套漫畫，還有完整的周邊收藏，每年的劇場版更是從不缺席，我甚至懷疑她就是為了成立偵探社才來讀昕陽高中的。

一年級的時候，曉澄就來跟我說她想要成立偵探社，並請我擔任指導老師，我一開始不想，畢竟我寫小說已經是好幾年前的事情，我現在已不是作家，只是個年近三十、到處打工的頹廢大人。後來曉澄說如果舉辦活動就可以跟學校幫我申請鐘點費後，我才答應她，但從她創社到現在一次活動都沒辦過，我也沒拿過任何費用。

直到今天早上，曉澄打電話給我，說有學生想委託偵探社解決事件，請我在社團活動的時間到學校來。

學校裡會發生什麼事件？我實在很懷疑，不過曉澄的偵探社平常到底都在做些什麼？我也剛好趁今天一探究竟。

曉澄一路把我拉到社團大樓，現在正是社團活動時間，校園內到處都能看到在進行活動的學生，操場上除了常見的體育性社團之外，還能看到有學生在練扯鈴跟溜滑板，可見昕陽高中的社團真的很多元。

來到偵探社的社團辦公室，已經有幾名學生在裡面玩手機了，他們就是傳說中的偵探社社員吧？我點頭跟他們打招呼，他們的眼神短暫從手機上移開，各自跟我說了聲：「老師好。」

能夠被稱為老師，這確實稍微滿足了我心裡的虛榮感，偵探社的社室空間不大，跟我以前住過的套房差不多，據說是因為社團太多，許多社團只能分配到這樣的小空間。

曉澄把一張椅子拉給我坐，說：「先等一下，委託的學生很快就來了。」

趁現在，我剛好可以跟其他學生打聽偵探社平常都在做什麼，坐下來後，我問：「你們也都跟曉澄一樣，喜歡名偵探柯南嗎？」

「嗯？」其他人抬起頭來看我，像是不明白我的意思。

「你們會加入偵探社，也是因為喜歡這方面的題材吧？」我又問了一次。

「不，沒有那種事。」他們整齊地搖頭否認，說：「我們是曉澄的同班同學，都是被她抓來湊數的。」

「因為成立社團需要五個人以上，所以曉澄拜託我們加入，不然偵探社就不能成立了。」

「我們沒有其他想參加的社團，待在這裡有冷氣吹、又有地方可以偷懶睡覺，所以就加入了。」

大家的回答出乎我預料之外，我又問：「那偵探社平常都在做什麼？」

「沒做什麼，社團時間就都在這裡做自己的事……啊，曉澄有時會放名偵探柯南的劇場版電影，強迫我們一起看。」

原來偵探社平常都在鬼混嗎？我揚起眉毛朝曉澄瞄了一眼，她一張臉已經漲得通紅，難怪她平常都不請我來學校，就是怕我發現偵探社只有她一個人是真正的社員吧。

「這又沒什麼大不了的！很多社團都是找人湊數的，至少我是很認真在經營！」曉澄一臉不服氣。

「好啦好啦，我知道了。」

我敷衍的態度讓曉澄更生氣了，她舉起手來正要打我，這時剛好有人敲了社室的門。

「客戶來了！」聽到敲門聲後，曉澄馬上放下拳頭，跑過去開門。

聽到她用客戶這個詞來形容，我忍不住笑出來，其他學生則是一副見怪不怪的樣子。

站在門口的是一名女學生，她一出現就成了整間社室的焦點，連幾個本來在玩手機的男學生也轉移注意力偷看她。

那女學生梳著一頭秀麗黑髮，身上的制服也穿得非常整齊，整個人散發出端莊穩重的氣質，雖然曉澄不說話的時候也算有氣質，但那種外表上假裝的氣質，跟這名女學生天生散發的氣質是完全不能比的。

「大家好，打擾了。」那女學生輕聲打招呼後走了進來，她踏進社室的一瞬間，整個空間的氣氛似乎也變得高雅起來了。

「來，請坐。」曉澄拉過一張椅子給女學生坐，然後介紹道：「我是偵探社社長李曉澄，然後這一位……」

曉澄指著我，清了清喉嚨，煞有其事地說：「這位是我們的指導老師沈昊祺，他是很名的推理作家，沒有事情難得了他，妳有什麼事情想委託我們呢?說吧。」

聽到曉澄這裝模作樣的介紹，我好不容易才控制住喉嚨，努力憋住不笑出聲來。

「在這之前，可以請教一個問題嗎?」我趕緊開口來轉移笑意：「同學，請問妳是怎麼知道學校裡有偵探社的呢?」

「喔，我是在學校的社群平台上看到的，」她說：「因為班上發生了一件事，我想在社群裡找人幫忙，就在上面看到了偵探社的貼文，說有事情都可以找他們解決。」

我朝曉澄看去，說：「原來妳還有在社群上打廣告？」

「當然，這是社長應該做的吧！」曉澄理直氣壯地挺起胸膛，說：「說吧，妳班上發生了什麼事？是有東西被偷了嗎？還是有人被殺害了？」

不是，如果真的有學生被殺，早就上新聞了吧。

女學生很貼心，沒有馬上吐槽曉澄，而是先自我介紹，她叫林靖儀，是二年五班的班長，接著便說出她班上發生的事情。

「我們教室後面有一塊留言板，旁邊都會準備小卡片，同學們可以把想說的話寫在卡片上，再用圖釘把卡片釘到板子上，每天都有很多留言，通常都是抱怨考試太多，或是寫一些笑話、同學之間的八卦之類的。」

我腦海中浮現高中時代的教室景象，記著當時班上也有類似的留言板，但網路興起後就不常見了，或許是現在的學生太常接觸網路，這種實體留言板對他們來說反而很新鮮吧。

「留言版本來是班上聯繫感情的道具，最近卻發生了一件事……」靖儀的聲音沉了下來，她從口袋裡拿出幾張卡片放到桌上，說：「這幾天，我在留言版上發現這些卡片，我不想在班上引起騷動，所以就偷偷收起來了。」

我跟曉澄一起探頭看向那些卡片，上面的筆跡顯然都是同個人寫的，字體非常漂亮，寫出來的文字卻讓人不寒而慄。

只要我死掉，就能結束這場惡夢了吧？

好想現在就死掉，反正已經沒有明天了。

我試過了，但他們就是不聽，反正他們就是想要看我死掉。

不用擔心，我自殺的時候會很安靜，不會吵到任何人。

「這些是……自殺的預告？」

曉澄睜大眼睛，全身同時因為興奮而發抖，偵探社成立到現在，終於遇到像樣的事件了。

我把每張卡片上的字都看過後，說出我的第一個想法：「妳班上有同學被霸凌嗎？」

靖儀像是早知道我會問這個問題，很快回答道：「沒有，身為班長我很清楚班上的情況，雖然有好幾個小團體，但班上絕對沒有人被霸凌。」

「那卡片上的筆跡呢？妳認得是哪個同學的嗎？」

「不知道，為了這件事，我把卡片跟班上同學考卷的筆跡都對過一次，但沒有一個符合的。」

所以這些卡片不是班上的人寫的？我又問：「除了妳之外，班上有其他學生看到這些卡片嗎？」

「沒有，班上只有我知道這件事。」靖儀說：「我每天都是最後一個離開教室的，每次我都會檢查留言板，當時上面的卡片都很正常，但隔天我到教室的時候，寫這些留言的卡片就出現了，對了，我每天也是第一個到學校的，不可能有人在我前面釘上這些卡片。」

「嗯……」我發出低沉的思考聲，說也奇妙，我明明已經放棄寫推理小說了，但聽到靖儀的描述，那種推理的感覺又慢慢從我腦中甦醒了。

我在腦中列舉出幾種可能，一邊問：「會不會是進修部的學生在晚上釘上去的呢？」

「昊祺哥，你還不知道嗎？」曉澄接過話，回答：「現在的學生越來越少，我們學校幾年前就廢除進修部了。」

「那會不會是有人等妳離開學校後，他又回到教室釘上這些卡片？」

「我想也不可能，」靖儀說：「放學後，雖然校園會開放，但只開放公共空間給民眾運動，教室是不開放的，保全會先把每間教室巡過一次，再把樓梯鐵門都關起來上鎖，我好幾次都等到保全把門鎖上才離開，不可能有人再回到教室。」

「喔喔！這樣一來就是密室犯罪了吧？」曉澄激動到幾乎要開始拍手：「在沒有人的教室裡，有人使用某種詭計，把這些卡片釘到留言板上了！」

用密室犯罪來形容是有點誇張，但曉澄說得沒錯，如果靖儀真的是第一個到教室、也是最後一個離開教室的人，那這些卡片到底是誰釘上去的？他會寫這些卡片就代表他想被人看到，為什麼要挑這麼奇怪的時間，只讓靖儀一個人發現呢？

「果然是自殺的預告吧？要是我們不找出寫卡片的人，就真的有人會死了！」曉澄仍一臉興奮，兩隻眼睛都在發光。

「現在說這個還太早，還有很多細節要調查。」我說。

「那我們去實地調查吧！」曉澄站起來，轉向靖儀說：「現場一定有線索，能帶我們去妳的教室看看嗎？」

「可以啊，現在是社團活動時間，教室沒人。」靖儀點點頭，語氣中卻有些遲疑：「對了，如果你們能解決這件事的話，那個報酬……」

我還沒開口，曉澄就插話道：「沒關係，這一次不收費，但妳要幫我們偵探社多多宣傳，讓更多人知道偵探社的存在。」

靖儀終於露出輕鬆的笑容，說：「沒問題，一言為定。」

看兩人間的氣氛如此融洽，我只能先把鐘點費三個字吞回肚子裡了。

******

靖儀教室後面的卡片留言板很顯眼，一進到教室，目光就會忍不住被它吸引。

那是一塊長寬約一公尺的軟木板，許多顏色的卡片被用圖釘固定在上面，學生們留在卡片上的各種筆跡跟心聲，讓它成為教室中最獨特的裝飾。

有人也覺得新來的英文老師超正的嗎？

每天倒數！離畢業還有ＸＸＸ天！

這禮拜六有要唱歌的，請找阿豪報名！

看到上面的留言，我忍不住就笑了，看來不管在哪個年代，學生們的內心想法都差不多。

除了普通的留言外，也有人在卡片寫上自己的抱怨，不過都是在抱怨考試或某些科目太難，沒有太奇怪的留言。

這種軟木留言板有一個缺點，就是圖釘釘上去後會留下痕跡，而此刻留言板上已經滿是坑坑洞洞，木製邊框也有泛黃剝落的痕跡，歲月痕跡顯而易見。

把留言板打量過一遍後，我問靖儀：「這塊留言板是怎麼來的？」

「是三年級的學長姊留給我們的，他們說這塊留言板是二年五班的傳統，要我們好好保管。」

「傳統？」

「是啊，也不知道是從哪一屆開始的，總之保管這塊留言板一直是二年五班的責任，等我們升上三年級的時候，會把留言板交給下一屆的二年五班，就這樣一直使用下去。」

「真特殊的傳統，不過還蠻有趣的。」我說，難怪留言板上會有這麼多坑洞，這段時間下來，想必已經有數以百計的學生在上面釘過卡片了吧？

這時我發現旁邊的曉澄一直很安靜，這可不是一件好事，我趕緊轉頭一看，果然發現她正拿著麥克筆在空白卡片上亂畫。

「曉澄，妳在幹嘛？」

「做實驗啊。」曉澄連續畫完好幾張卡片，然後像在觀察什麼似的盯著這些卡片，可幾分鐘過去了，卡片上除了她的鬼畫符外，我看不出其他玄機。

曉澄發出一連串失望的嘖嘖聲，轉頭問靖儀：「你們班的人留言的時候，都是用這支筆跟這些卡片嗎？」

靖儀點點頭說：「是的，如果筆沒水或卡片用完了，我都會再用班費去買。」

「這樣啊，」這顯然不是曉澄想聽到的答案，她嘆了一口氣說：「我本來以為是有人對筆跟卡片動手腳，用了特殊的材質跟墨水，等天亮之後，隱藏的字就會跑出來之類的……如果這些都是妳準備的，那就不可能了。」

「別氣餒，有實驗精神是好事。」我趕緊安慰曉澄。

「啊，對了。」靖儀像是剛剛才想到似的，把手機拿出來說：「我昨天跟今天都有把留言版的照片拍下來，讓你們看一下，說不定會有什麼線索。」

我跟曉澄都探頭過去，靖儀的手機螢幕上展示著兩張照片，一張是昨天放學時的留言板，另一張則是今天早上她到教室後拍的留言板。

兩者最大的差別，就是今天早上的留言板釘著一張寫有自殺文字的卡片，昨天放學時則沒有。

「咦?等一下……」

我在兩張照片上來回比對，很快發現了一個奇怪的地方。

「昊祺哥，你是不是發現什麼了?」曉澄期待地問。

「靖儀，可以把今天早上發現的自殺留言卡片給我嗎?」

靖儀把今天早上的卡片拿出來後，我把卡片釘回本來的位置上，但昨天放學的照片上，那個位置出現的卻是另一張卡片。

「妳們注意到了嗎？」我再一次比對兩張照片，說：「這兩張卡片，位置一模一樣，卡片顏色也一樣，只有卡片上的筆跡文字不一樣。」

昨天放學時的照片，卡片上寫的是：

有些話我不是不想說，只是不知道還能跟誰說。

而現在釘在留言板上的卡片，上面寫的卻是：

不用擔心，我自殺的時候會很安靜，不會吵到任何人。

「啊，其實我一開始也有注意到。」靖儀說：「我以為是有人把本來的卡片撕掉，再把自殺的卡片釘上去的。」

「這太奇怪了，根本沒必要這樣做啊，」我搖搖頭，否認這個可能性：「如果是想讓人看到卡片，直接釘上去就好了，沒必要撕下別的卡片。」

聽我這麼說，曉澄反而興奮起來了：「所以我本來的猜測是對的囉？沒有人動過卡片，而是有某種機關，讓卡片上的文字自動出現變化了。」

特殊的機關嗎？如果只是想讓寫有自殺留言的卡片被注意到，實在不需要做到這麼複雜，可以趁教室沒人或是大家都沒在看的時候把卡片釘上去就好了，這樣更能在班上引起轟動。

為什麼？為什麼那些卡片會在那麼特殊的時候出現呢？

除非那些卡片就是故意要被靖儀發現的，寫卡片的人知道靖儀每天都第一個到教室，她一定會發現那些卡片……

我還在思考時，曉澄突然發出一聲驚呼，把我嚇了一跳。

「啊！卡片……」

什麼事情大驚小怪的？我本來想唸她一頓，結果抬頭一看留言版，連我也傻住了。

留言板上寫有自殺留言的那張卡片，上面的筆跡突然像擁有生命一般，正在自動變形，排序組合成新的句子。

就是今天。

我真的撐不住了。

反正很快就會結束了。

在這裡的話就不會被人看到了。

不可思議的畫面直接在我們眼前上演，就連一直都很冷靜的靖儀也嚇到摀住了嘴巴，曉澄更是難得露出了害怕的樣子：「昊祺哥，這到底是怎樣啦？」

我看著那些變化的文字，本來是自殺的預告，現在卻變得像是在警告我們，加上那些卡片出現的時間，就像是為了要被靖儀發現一樣，難道說……

「靖儀！」我轉向靖儀，聲音又大又急：「妳對班上的同學都很了解吧？我需要妳仔細想一想，班上真的沒有人有自殺傾向嗎？」

靖儀被我的聲音嚇到，張開嘴巴卻說不出話來。

「快沒時間了！」我盯著她的眼睛繼續說：「不管是誰寫下這些卡片，時間都不夠了，我們必須快一點！」

靖儀皺起眉頭，努力想著班上每個同學的臉。

「班上確實有幾個比較安靜的同學，」靖儀顫抖著聲音說：「他們不太跟同學互動，但他們都沒有被霸凌跟排擠，我真的想不出來……」

「不一定是他們，外表活潑的人也可能自殺！妳再想想看，班上最近有誰的行為不太對勁？」

靖儀的眉間擰得更緊了，她咬住嘴唇，最後還是想不出來，只能搖頭。

這時曉澄又發出了驚呼：「卡片上的字……又變了！」

我轉頭看去，這次出現的句子是：

我會在操場上最安靜的角落，默默消失。

「是子祐！」

句子一出現，靖儀同時喊出了一個名字。

像是懊悔自己現在才想起來般，靖儀敲了敲腦袋，說：「是我們班上的同學，林子祐，我想起來了！最近體育課的時候，他都沒跟其他男生一起打球，而是等集合的時候才從體育倉庫後面走出來。」

「就是那裡！」

話剛說完，我轉身就衝出了教室，請儀緊跟在我身後，還在狀況外的曉澄愣了一下後才追上來。

操場上的社團活動仍在進行著，我們從學生人群中穿梭而過，目標直指操場後方的體育倉庫。

來到體育倉庫的轉角時，我們停住了腳步。

因為我們已經看到了，在倉庫後面的陰影角落下，一名男學生就倒在地上，他蜷縮著身體，臉色發白，一罐空藥瓶被丟在地上，還有一瓶喝光了的礦泉水。

我快速蹲到他身邊，伸手檢查他的氣息，請儀跟曉澄則是緊繃著身體待在我後面。

「他還活著！」我轉頭大喊：「妳們快點去操場上叫老師來，還有救護車也要叫，快點！」

「喔、喔！」兩人轉身跑開，到操場上找老師求助。

我又檢查了一下男學生，雖然很微弱，但他確實還在呼吸。

寫下那些卡片的，就是他嗎？

突然間，那些卡片上的自殺留言再次浮現在我的腦海裡。

卡片上自己變化的文字，那已經不是單純的機關能做到的了，而是另一種力量造成的。

考量到目前有的線索，加上現在發生的事情，那力量的真面目，只有一種可能性了……

******

我再次在社團活動時間來到昕陽高中時，保全一看到我就打招呼：「啊，你是偵探社的指導老師吧？」

我尷尬地笑了一下，可以的話，還真不想頂著這個中二的頭銜，聽說上次的事件後，不只保全認得我了，偵探社的名號也在校園裡傳開了。

保全這次沒有太為難我，登記完資料，交換證件後就讓我進去了。

來到偵探社的社室時，曉澄和靖儀已經在裡面了。

「老師，真的很謝謝你。」靖儀一看到我就起身致謝，說：「子祐現在已經沒事了，同學們也都很關心他。他後來跟我們說，他是因為最近跟家裡吵架，情緒很低落，才會慢慢產生那種念頭……導師也跟他的家人溝通過了，他們會一起陪子祐去看醫生，相信他很快就能走出來了。」

「太好了，沒事就好。」我說，看來那名學生沒有意識到自己生病了，還好靖儀有來找我們，在最後一刻救下了他。

……不過，真正要感謝的，或許是「它」才對。

「但是老師，我還是不懂，」靖儀坐下來發問：「那個時候，卡片上的字為什麼會自己改變？難道真的有什麼機關嗎？」

「對啊，」曉澄也插話，語氣裡帶著一絲不滿：「你是不是早就知道什麼了？快點說清楚。」

我這才想起來我還沒跟她們解釋清楚，於是我跟著坐下，說：「沒有什麼機關，一切都要回到原點，就是那塊留言板本身。」

我看向靖儀，說：「妳說過那塊留言板是學長姊留下來的，對吧？」

靖儀點點頭，曉澄問：「那又怎樣？」

「我的推測是……曾經有妳們的學長姊在留言板上留下過真正的自殺卡片，而最後也真的自殺了，搞不好還不只一位。」

我這麼一說，靖儀跟曉澄都一臉驚訝，不知該如何接話。

我進一步解釋：「雖然留言板上面只剩下圖釘的痕跡，但那些留言確實存在過，每個情緒、糾結、遺憾，全都留在板子上。」

「那塊留言板幾年來不斷吸收學生們的文字跟感情，最後成為一種獨特的存在，也就是記憶的載體……當學生釘在上面的文字情緒強烈到跟過去的記憶產生共鳴時，它就會產生回應，甚至能夠改變本來寫在上面的文字。」

靖儀聽懂了，她睜大眼睛說：「所以，那塊留言板有自己的意識？是它自己改變了那些文字？」

「沒錯，子祐本來寫在卡片上的留言，或許只是想抒發自己的情緒，但留言板感受到他文字中想要結束自己生命的情緒，它之前也在其他學長姊的文字中感受過類似的情緒，因此它知道接下來會發生什麼事，所以才把那些文字轉換成更明顯的自殺留言，並刻意被妳看到。」

「我？」靖儀用手指著自己的胸口。

「對，就是妳，」我說：「妳每天最後一個離開，隔天又第一個到學校，妳每天的行為它都看在眼裡，它知道妳是負責任的學生，只要看到那些自殺的文字，就一定會想方法阻止悲劇發生。」

靖儀低下頭來，露出一個不明顯的微笑，雖然沒說話，但我知道她接受了這個真相。

曉澄顯然不想接受這個真相，她臭著一張臉，瞪著我說：「等一下，這根本不能用常理解釋啊，你把一切都推給未知的力量，這根本就不是推理吧！」

「不管怎麼樣，這就是我的推理。」我不服輸地朝她瞪了一眼，問：「妳該不會沒看過我以前寫的書吧？」

曉澄像做壞事被抓到一樣，心虛地說：「我、我還沒有時間看，只是聽我哥說，你以前寫過推理小說而已……」

「我寫的故事就是這種風格，不一定有擅於心計的壞人，很多懸案本來就無法用邏輯解釋，而是有未知的力量在作祟。」我話鋒一轉，說：「話說回來，我身為指導老師，這次總該有鐘點費了吧？妳不跟靖儀收費，至少能跟學校申請吧？」

「啊，說到這個，」曉澄吐了吐舌頭，說：「要申請鐘點費的話，必須事先交申請書才行，但是偵探社接到委託太開心，所以忘記了。」

聽到這句話，我慢慢從椅子上站了起來，用肅殺的語氣，一字一字說道：「妳、說、什、麼？」

曉澄動作倒是很快，她一下就躲到靖儀身後，說：「靖儀，妳快幫我，說那個，那個啊！」

看到我跟曉澄之間的互動，靖儀已經快笑倒了，她穩定住情緒，打圓場說：「老師，先別急著找曉澄算帳，我等一下幫偵探社介紹了一位客戶，曉澄這次絕對能幫你申請到費用的。」

我還是沒卸下臉上的殺氣，瞪著曉澄說：「曉澄，靖儀說的是真的嗎？」

曉澄大力點頭說：「是真的！因為這次要委託我們的可是學生會啊！」

學生會？我還以為自己聽錯了，在學生自治組織裡，學生會是學校的代表，也是擁有最多權力的存在，怎麼會想請不靠譜的偵探社幫忙呢？

門口傳來敲門聲，靖儀便站了起來，說：「看來人剛好來了，我順便幫大家介紹一下吧。」

靖儀過去把門打開，站在門口的是一名身材壯碩的男學生，他的肩膀寬厚、身高接近一百八，看上去反倒像柔道或空手道社的學生。

「別害羞，快進來，我幫你跟大家介紹。」

靖儀說完後，那男學生才抬腳走進偵探社，靖儀接著介紹道：「這位是我朋友，也是學生會的財務，叫曾淳毓。」

「大……大家好……」淳毓小聲地開口，說也奇怪，明明有高大的身材，他卻刻意縮著肩膀，講話又很小聲，站在靖儀旁邊反而顯得矮了一截。

「他們學生會最近遇到了一點麻煩，」靖儀語帶保留，像是在暗示這不是普通的麻煩：「然後我就跟他們推薦了偵探社，我說偵探社的指導老師很厲害，一定能幫他們解決。」

聽到最後一句話，曉澄不服氣地嘟起嘴巴，她肯定是在氣靖儀只提到我，卻沒提到她這個社長。

「好吧，那學生會想要委託我們什麼？」

淳毓開口了，但聲音太小，我跟曉澄都沒聽清楚。

「不好意思，可以再說一次嗎？」

淳毓深呼吸一口氣，再度說出學生會的委託，這次我們都聽清楚了。

「……學生會想請偵探社幫忙，找到失蹤的學生會長。」

「你說什麼？」曉澄的反應比我想像的還要大，她瞬間從椅子上跳起來，驚訝道：「會長她失蹤了？那麼大的事情，大家怎麼都不知道？學校怎麼都沒說？」

淳毓也被曉澄的反應嚇到，整個人縮得更小了。

「會長是三天前失蹤的，警察已經在找人了，」淳毓繼續說：「考量到會長在學校裡的影響力，如果大家知道她失蹤，一定會引起各種恐慌，甚至會有人懷疑學校安全出了問題，所以學校才先決定保密，讓警察來處理，若這幾天都沒找到會長，等到紙包不住火的時候，學校就會公佈了。」

「等一下，這個學生會長到底是什麼人？」我趕緊問。

「嗯，該怎麼說呢……」靖儀思考了一下用詞，開始說明：「學生會長林梓萱，她在我們學校就像女神一樣吧，是那種常人不敢相信真實存在的女生，不光是外表漂亮，還有她做的每一件事，都會真實影響到我們每個學生。」

「像學生餐廳就是了！」曉澄立刻接話，說：「之前學生餐廳裡好幾間店家莫名其妙一起漲價，賣的比外面還貴，重點是還變難吃了！最後是會長親自找學校反映，才查出那些店家根本是惡意聯合漲價，還用了一堆過期的食材！」

「這只是其中一件事，」靖儀說：「會長找到證據後就去跟校方討論，那幾間店家才終於被換掉，餐廳的價格恢復正常，飯菜品質也好了一點。除此之外，還有自動販賣機不夠、校門口違停太多的問題，都是會長出面跟學校溝通解決的。」

我邊聽邊點頭，竟然能讓曉澄心服口服，代表這個會長真的是很厲害的人吧。

「不過，既然學校已經報警了，為什麼學生會還要來找偵探社呢？」

「因為警察一直沒有線索，但是我們懷疑，會長的失蹤可能跟她最後的行程有關係。」淳毓說。

「最後的行程？是什麼？」我問。

「最近學校想要整頓學生社團，因為社團實在太多了，所以學校提出一份列表，上面都是校方認為沒有必要存在的社團，然後……」淳毓不安地瞄了一下曉澄，膽顫心驚地說：「其實，偵探社也在上面。」

「什麼？」曉澄尖銳的聲音像飛刀一樣射到淳毓身上：「你們竟然想廢掉偵探社？」

淳毓正面承受曉澄的言語，高壯的身材又縮了一截，我都開始同情他了。

「其實一切都還沒確定，學校只是列出來參考而已，真正決定的還是會長。」

儘管遍體鱗傷，淳毓還是硬著頭皮繼續說：「會長失蹤前，她說她會親自拜訪這些社團，看他們平常的活動內容，評估社團是不是有存在的價值，再回報給學校做決定，結果……會長拜訪過四個社團後，她就失蹤了。」

「我知道了！」曉澄大力在桌子拍了一下，說：「那四個社團的社長就是嫌犯，有人怕被學校廢社，所以就綁架會長，然後威脅她不准廢社！」

「妳冷靜點，先不要下這種誇張的結論。」我趕緊阻止曉澄，不然她肯定會說出更誇張的推理。

「會長失蹤前拜訪過的社團，能讓我們知道是哪四個嗎？」

「有，我把名單帶來了。」淳毓立刻從背包裡拿出一份名單。

我接過名單，看了一眼上面的社團，我忍不住緊緊皺起了眉頭。

「這是認真的嗎？我本來以為偵探社已經很誇張了，沒想到這些……」

我抬起頭，看著另外三人，並唸出那些社團的名字。

「生命禮儀社、水怪社、作弊社、鬼抓人社……這些都是什麼鬼社團啊？」

#2 生命禮儀社

#2 生命禮儀社

「學生會長失蹤的消息已經在學校傳開了。」

坐在對面的曉澄拿起桌上的薯條，沾一下番茄醬後放進嘴巴，一邊說：「因為警察一直找不到人，會長的家人決定公開消息，在網路上尋求幫助，說不定能得到意外的線索。」

這是預料中的情況，台灣警察確實很優秀，但在社會大眾看不到的地方仍有許多未偵破的失蹤案，在完全沒有線索的情況下，動用網路上的力量也是一個方法。

「這樣也好，或許警察能收集到不同的目擊情報，不過，在這之前……」我看向對面的另一個人，問：「靖儀，妳怎麼也來了？」

我們目前正在昕陽高中附近的速食店，周圍座位坐的幾乎都是學生，只有我一個大人跟兩個女學生坐在一起，反而顯得相當尷尬，許多學生紛紛投來「他是誰」的目光，害我只能一直低著頭。

靖儀臉上保持著禮貌性的微笑，說：「老師，其實我已經加入偵探社了。」

「欸欸？」這我倒是沒想到，曉澄竟然招收到新社員了？

「那妳本來是在哪個社團？」

「我本來是在雲朵社，就是觀察天上飄的雲，然後把形狀有趣的雲朵拍照記錄下來的社團，不過上次的留言板事件後，我覺得偵探社比較好玩，就申請轉社了。」

說完後，靖儀朝我微微低頭，說：「請老師多多指教了。」

「啊，不要那麼客氣，我也有很多地方要跟妳學習。」可能是平常習慣曉澄的粗暴了，面對彬彬有禮的靖儀，我反而有些不知所措。

我想起社室裡那些玩手機的掛名社員，靖儀加入後，偵探社終於有一個正式的社員了。

這樣也好，用推理小說來比喻的話，曉澄跟靖儀就是完全不同的流派，曉澄是火爆的硬漢派，靖儀則是日式輕文學派，兩人剛好達成互補的平衡。

曉澄這時已經把薯條吃完了，她拍了拍手，正式宣佈：「好啦，開始我們偵探社的第一次搜查會議吧！這次的任務是找到失蹤的學生會長林梓萱，只要比警察更早找到她，我們偵探社在學校裡就出名了！」

「但是警察找那麼久都沒有結果，只靠我們三個人要怎麼找呢？」靖儀說。

「妳錯了，我們手上不是有一條警察沒有的線索嗎？」

曉澄伸出食指反覆晃動，臉上帶著深不可測的笑意：「會長失蹤前曾經探訪過四個社團，這四個社團的人都是嫌疑犯，可能有人不想被廢社，也可能會長無意中發現了這些社團的祕密，所以她才會失蹤的。」

我默默看向靖儀，看她有什麼反應，而她只是聳了一下肩膀，看來她的想法跟我一樣，曉澄的推理雖然有些誇張，不過值得一試。

「說到這個，那四個社團平常都在做什麼啊？」我唸出那些社團的名字：「生命禮儀社、水怪社、作弊社、鬼抓人社……這怎麼聽都不像是正常的社團啊。」

「關於這點，我早就準備了。」曉澄嘿嘿一笑，一邊從書包裡拿出平板電腦，原來她已經事先調查過了。

打開平板裡的資料後，曉澄開始介紹每個社團的資料。

「生命禮儀社，這樣說很奇怪，但他們的主要活動就是幫學生辦告別式，學校裡如果有學生因為疾病或意外去世，他們就會到那個班級去舉辦告別式，讓班上的同學們能夠放下傷痛、接受朋友的離世，聽說社長家裡就是開葬儀社的，所以才會成立這個社團。」

「水怪社，是一群超自然現象狂熱者成立的社團，他們認為學校池塘裡面有水怪，昊祺哥你應該還沒去過吧？池塘就在圖書館旁邊的綠化區裡，還有一條小步道跟涼亭，不過裡面蚊子很多，通常不會有學生進去，聽說創社的學長曾經親眼目擊到水怪，並拍下關鍵性的照片後才會成立水怪社，證實水怪的存在就是他們的創社宗旨。」

「作弊社，他們的宗旨就是研究出不會被老師抓到的作弊手段，聽說每個人都是作弊高手。老實說我很懷疑這個社團是怎麼審核成立的，從手邊有的資料來看，創社學長似乎是跟當時的每個老師都下了戰書，宣稱他的作弊手法絕不會被老師抓到，而老師們也不示弱接受挑戰，作弊社就這樣成立了……有夠亂七八糟的。」

「最後是鬼抓人社，這是目前最神祕的社團，去年才成立，沒有舉辦正式活動的紀錄，我也不太清楚他們是做什麼的，不過聽說鬼抓人在國外是專業的運動項目，他們應該就是專門在玩這種遊戲的吧？」

聽完這四個社團的介紹，我想起以前聽過的一個笑話，聽說每間學校都有一個躲貓貓社，只是從來沒人能找到他們。

「這樣聽下來，生命禮儀社反而裡面是最正常的社團了。」我說出自己的想法，一旁的靖儀也點頭附和。

曉澄接著說：「沒錯，我也想從生命禮儀社開始調查，我已經跟他們的社長在下次的社團活動時間約好了，一起見面聊一下。」

這麼快？我很佩服曉澄的行動效率，不過我還是有些擔心：「他們知道妳正在調查學生會長的失蹤事件嗎？」

「放心，他們不知道，我跟他們說只是社團間的交流，說不定以後有機會可以一起辦活動。」

偵探社跟生命禮儀社一起舉辦活動，聽起來就相當不妙啊……不過至少有個起頭了。

偵探社的第一次搜查會議到此畫下句點，曉澄跟靖儀準備回家，而我也要去打工了。

離開速食店時，明明我一毛鐘點費都還沒領到，曉澄還是用「老師通常都會請客」為理由，慫恿我請她們吃了冰淇淋。

*****

社團活動時間，偵探社的社室難得熱鬧了起來。

除了本來就會來這裡混時間的掛名社員外，現在多了我跟新社員靖儀，還有來作客的生命禮儀社社長跟副社長。

生命禮儀社社長名叫高峻豪，標準國字臉配上濃眉大眼，給人一種憨厚老實的感覺。

副社長叫蔡羽晴，是個身材跟聲音都讓人感覺輕飄飄的女生，她站在峻豪身邊時看上去就像影子一樣，沒什麼存在感，但又很難不注意到她。

「很開心偵探社能邀請我們來交流。」

峻豪主動開口感謝，他說話時的語氣特別穩重低沉，聽起來不像高中生，反而像已經出社會的大人。

「說實話，因為我們社團的性質，很多學生都對我們很排斥，甚至有老師忌諱我們社團，認為我們的存在是不祥的象徵，我們已經有一段時間沒有新社員了，主要只剩我跟副社長羽晴，其他社員都是我在拜託之下才願意來掛名的。」

「那不就跟偵探社一樣嗎？」我小聲唸著，結果馬上被曉澄掐了一下。

「請問社長，你為什麼會想成立生命禮儀社呢？」靖儀的語氣中帶著強烈的好奇，問道：「請別誤會，我覺得你們社團真的很特殊，只是我覺得……像這樣的主題，對學生來說不會太沉重了嗎？」

峻豪笑了一下，說：「我家就是開葬儀社的，我從小耳濡目染，看過很多人在措手不及的情況下接到親人的死訊，多數人根本還沒準備好說再見，那種遺憾往往是一輩子的。」

峻豪雙手交叉放在腹前，就像專業的司儀一樣，用平穩的語調繼續說著：「我成立生命禮儀社的用意，就是為了幫助同學們正面看待死亡，讓大家在還沒有失去之前就先學會面對，死亡不是可怕的禁忌，而是我們人生中最重要的課題，等事情發生時，與其手忙腳亂，不如先學會怎麼放下。」

「所以我收集到的資料是正確的，」曉澄這時說：「如果有學生去世，你們就會到他們的班級，幫那名學生舉辦告別式。」

峻豪點點頭，說：「當然，這樣的儀式是很重要的，特別是對年輕的學生而言，傳統的告別式對他們來說壓力太大了，所以我們才選擇在他們熟悉的教室裡舉辦，這是一場專屬於他們的告別式，讓大家能用自己的方式跟朋友說再見。」

「那你們舉辦的告別式，會需要收費嗎？」

「當然是免費的，前提是班級的老師跟學生都願意接受才行。」

峻豪也不遮掩，直接地說：「其實這也是在做生意，畢竟社團指導老師就是我爸，結束之後我會分發家裡的名片，如果他們哪天需要服務，就會直接想到我們了。」

聽到這裡，我心裡開始對生命禮儀社產生了認可，本以為這會是一個奇怪的社團，沒想到他們做的事情這麼有教育意義。

但我又忍不住想問：「那你們多久會舉辦一次告別式？畢竟學校裡不常有學生去世吧？」

聽到這個問題，峻豪的臉色沉了下來，說：「當然，如果可以的話，我也希望永遠不會有人需要我們的服務，目前為止我們只辦過一場告別式，是一位三年級的學長，他前陣子因為車禍過世了。」

這時，本來在旁邊都沒說話的羽晴輕聲補了一句：「那天學生會長也在。」

「學生會長？」我、曉澄和靖儀的眼睛同時亮了起來。

峻豪像是現在才想起來似的，說：「喔，對，那天會長來拜訪我們，她說想視察一下大家的社團活動，我們就邀請她一起參加了。」

我跟另外兩人交換眼神，如果沒猜錯，那應該就是會長失蹤前不久的時候。

峻豪接著拿出手機，說：「那場告別式我們有拍影片記錄下來，你們想看嗎？」

「當然了！」我們幾乎是同時點頭。

曉澄把桌子整理出空間，讓峻豪把手機架在桌上，開始播放影片。

影片一開始就能看到教室的全景，但跟平常上課時的教室不同，教室各處都掛上了暖色系的小燈泡，每張桌子都被收得乾乾淨淨，只有其中一張桌子鋪著一層白布，桌面上還有一幅相框，以及Forever的英文立牌。

相框裡的照片是一名穿著籃球球衣的男學生，背景也是在籃球場，他手上拿著球對鏡頭擺出姿勢，配上燦爛的笑容，顯得十分帥氣，而他在照片中穿的球衣球鞋就整齊擺放在相框旁邊。

畫面被拉遠，可以看到其他同學都站在教室兩側，峻豪這時走了出來，他穿著正式西裝，表情莊嚴，全身站得筆直，看起來完全不像高中生，而是一位如假包換的專業禮儀師。

「今天，我們在這裡為張承翰同學舉辦屬於他的告別式。」

峻豪站到座位旁邊，緩緩說道：「這場告別式不只是為了告別，更重要的是讓我們永遠記得他，不管是他曾經坐在這裡上課的樣子，或是他在球場上奔跑的身影，我們都會永遠牢記在心裡，現在讓我們用最簡單、也是最真誠的方式，一起對承翰說，謝謝你，再見。」

在峻豪溫和又沉穩的聲音引導下，學生們的悲傷情緒同時湧了上來，有人眼眶泛紅低聲啜泣，也有人低頭默默拭淚。

羽晴這時也站到了峻豪身邊，她穿著禮生的標準套裝，用手勢引導學生依序跟往生者致意。

站在兩側的同學開始排隊，輪流到承翰的座位前致意，許多人都強忍著眼淚說出最後一段話，並把親手寫的信或禮物放在桌上，整個過程沒有浮誇的哭聲，更沒有刻意播放的音樂，只有最純粹的悲傷沉默。

等最後一位同學上來致意，影片快結束時，畫面拍向了教室的角落。

「是梓萱會長！」曉澄低聲說道。

畫面中，一名女生獨自站在教室最角落，像旁觀者一樣參與這場告別式。

學生會長林梓萱，這是我第一次看到她的臉。

林梓萱比我想像中還要漂亮，不是網美正妹那種外表上的突出，而是一種內斂的、從內在中自然流露出來的美，她一出現，整幅畫面就像以她為主角般自動定焦，讓人無法再注意別的事物。

儘管這不是她的班級，她可能也不認識去世的同學，畫面中的她卻跟其他人一起哭了出來，兩道眼淚從她的臉龐劃過，她沒有擦，只是讓眼淚靜靜流著，彷彿連她都沒意識到自己在哭。

我能感覺到，那不是勉強擠出來的淚水，而是跟其他人一樣，是來自內心最真實的悲傷。

「很感動吧？」

影片進度條顯示還沒播放完，峻豪卻在這時關掉了影片，他拿起手機，說：「去世的那位同學在班上的人緣很好，他在車禍後昏迷很長一段時間，同學們每天放學都會去醫院看他，但最後還是走了……但我想，不管對他還是對家人來說，這都是一種解脫吧。」

我仍受到影片中的情緒影響，聲音卡在喉嚨裡說不出來，只能點頭回應。

這時，羽晴又悄悄補了一句：「不過這場告別式之後，我們社室就開始發生靈異事件了。」

靈異事件這幾個字很快吸引了我們的注意力，沒想到羽晴很少說話，一開口全都是驚人的訊息。

「現在說這個不好吧？」峻豪皺起眉頭，似乎不想提起這件事。

「我們都到偵探社來了，就請他們順便調查一下，這樣不是很好嗎？」羽晴自然的語氣就像到便利商店買東西順便繳費一樣。

雖然不想多管閒事，但我內心裡還是有一股奇妙的慾望，讓我忍不住開口：「不介意的話，能告訴我們是什麼靈異事件嗎？」

曉澄也擅自做出聯想，說：「靈異事件……該不會跟我們剛才看到的告別式有關吧？」

「我不能確定，但那些事情確實都是在告別式之後才發生的……」

「那些事情？所以不只一件嗎？」

「是的，我跟羽晴都有遇到過。」

峻豪的語氣停頓了一下，他似乎還在猶豫要不要讓偵探社幫忙，經過短暫的思考，他很快就妥協了。

「有次我到社室，社室裡沒有開燈，我卻看到有個人影站在角落，我以為是羽晴，就問她為什麼不開燈，一邊把燈打開，結果那個人影就消失了。」俊豪的語氣很冷靜，但他眼神中還是隱藏著一絲不安：「我從小就跟我爸一起跑場子，知道有些事不能鐵齒。」

「還有我自己遇到的情況，」羽晴接過話題，說：「我本來很喜歡在午休或放學的時候一個人在社室看書，但那場告別式辦完之後，我只要坐在桌子前面，就會感覺到背後有人在看我，也就是社長剛剛說的，有人影站著的位置。」

「嗚哇……」曉澄在我旁邊發出低聲的驚呼。

「還有一件事，有一次我在社室想用語音輸入傳訊息給朋友，結果輸入的訊息裡一直穿插奇怪的文字，就像是社室裡除了我之外，旁邊還有其他人在說話一樣。」

羽情的最後一段話像是一記重擊，讓曉澄全身一陣顫抖，我甚至能看到她手臂上的雞皮疙瘩。

曉澄平常總是天不怕地不怕的樣子，但我知道她從小就怕鬼，只不過在遇到謎團的時候，她還是會堅守偵探本份，克服恐懼去解開真相。

我進一步詢問：「是什麼樣的文字？能讓我們看一下嗎？」

羽晴也不廢話，把手機拿出來展示訊息。

那似乎是她跟同學約好等一下要見面的訊息，上面寫著：

我我我我我現在在社室。

等一下我我我我我們要約在哪裡。

「我本來想傳的句子很簡單，就是『我現在在社室，等一下我們要約在哪裡』，結果在語音輸入的時候，不知道為什麼我這個字多了好幾個出來。」羽晴解釋道。

「會不會是你們社室有其他的噪音，被手機收音到了？」靖儀說，比起被嚇到的曉澄，她的反應相對冷靜多了。

我也說出自己的想法：「我覺得不太可能，如果真的是噪音，應該會出現在句子各處才對，不會只針對我這個字。」

「正是因為這些事情，我們今天才選擇來偵探社，而不是我們自己的社室。」峻豪苦笑一下，說：「現在若不是有重要的事情，其實連我都不太敢去社室了。」

「嗯，這個嘛……」

羽晴則是直接發出邀請：「如果有興趣的話，要不要去我們的社室看一下呢？」

我看了一下另外兩人，靖儀一臉期待，比起真相，她似乎更希望會發生什麼好玩的事，曉澄臉上努力壓抑著對鬼的恐懼，但我在她眼神裡看到的仍是偵探對於探尋真相的渴望。

「請等一下，我們開會討論一下。」

我們三人來到社室角落，曉澄第一個開口說：「那個……我說啊，這該不會跟失蹤的會長有關係吧？」

「什麼意思？」

「就是……出現在他們社室的，該不會就是會長的鬼魂吧？搞不好就是生命禮儀社把會長給……」

「好，妳先不要說了。」

明明怕鬼怕得要死，卻又能說出這種連我都想不到的推理，我真是服了她。

「不管怎麼樣，我覺得都有必要去看一下，妳們覺得呢？」我說。

「當然，有老師在，我覺得一定能查明真相。」靖儀點頭贊成。

至於曉澄，在她開口之前我就知道她會怎麼回答了，就算再怕鬼，她也不會放棄任何當偵探的機會。

******

峻豪把門打開的時候，曉澄幾乎整個人躲在我後面，我也期待會不會在黑暗中看到詭異的人影，還好直到峻豪開燈為止，都沒有發生什麼怪事。

生命禮儀社的社室跟偵探社差不多，兩張辦公桌、牆邊則是收納文件用的櫃子。

我們到社室裡轉了一圈，第一時間沒什麼奇怪的地方，也沒有那種靈異地點特有的陰森感，就是很普通的辦公室。

或許是怕我們不相信吧，峻豪說：「之前那些靈異事件，都是我們獨自待在這裡的時候發生的，現在一次來這麼多人，可能不會這麼快遇到。」

我站到社室的角落，這邊靠牆的地方是櫃子，另一邊就是辦公桌，我問峻豪：「你在黑暗中看到的人影，就是出現在這裡嗎？」

峻豪點點頭，說：「雖然只出現一下子，但差不多就是那裡。」

羽晴也補充說：「我坐著看書的時候，視線感也是從角落那裡傳來的。」

難道是有什麼東西躲在這個角落嗎？我繼續站在角落，但沒發現什麼異常，接著我看向了靠牆的櫃子。

那是很常見的文件收納櫃，偵探社裡也有一個一樣的櫃子，看來是學校的公發設備，只不過曉澄在偵探社的櫃子裡裝了一堆柯南漫畫跟周邊，生命禮儀社的櫃子則是收著許多文件，還有白布、燈泡串、各種中英文的緬懷立牌，以及被壓在最下面的相框等告別式道具。

靖儀這時提議：「不是說用語音輸入訊息的方式會發生怪事嗎？不然我們也測試看看吧？」

「這也是個方法，」我轉頭看向羽晴跟峻豪，問：「上次之後，你們還有在這裡用過語音輸入嗎？」

羽晴直接搖頭，說：「沒有，我甚至連在這裡拍照都不敢了，怕會拍到奇怪的東西……」

「既然這樣，現在倒是個實驗的好時機，」我想了一下，說：「我們現在這麼多人，不然留一個人在這裡用語音輸入來傳訊息，其他人到外面去觀察吧。」

「那我來吧！」進來以後一直很安靜的曉澄突然跳了出來，大聲說道：「身為偵探社社長，這任務就交給我吧！」

「妳？」我懷疑地看了她一眼，雖然曉澄一臉強裝鎮定，但我知道她心裡怕死了。

「妳確定嗎？不然讓我或靖儀來也可以……」

「不用，我是社長，就讓我來！」

「……妳確定？」我最後確認道。

「對，就讓我來！」

曉澄強硬地說，看來她不想讓別人覺得她這個社長什麼事都沒做，就算會害怕，這個表現機會她還是要定了。

我們討論了一下，峻豪跟羽晴也沒意見後，就決定讓曉澄留在社室，我們則到遠一點的樓梯口傳訊息給曉澄，讓她開始這次的實驗。

我們一群人到樓梯口待命後，我先傳了一句文字訊息給曉澄：

可以開始了。

很快的，我就收到了曉澄的回覆：

我我我我我我現在在用語音輸入了。

雖然已經有心理準備了，但親眼看到那一長串的「我」時，我的心跳還是猛然加快了好幾拍。

曉澄很快又傳來下一句訊息：

真的好奇怪，我我我我我我沒有說那麼多字啊。

「真的出現了……」靖儀也不可置信地摀住嘴巴。

這時，曉澄又接連傳了好幾句訊息過來。

我我我我現在背對櫃子。

好像有人在看我我我我我我我。

我我我我我不敢轉身。

儘管沒有明確表達出來，但曉澄這樣緊迫地發送訊息，足以證明她真的害怕了。

「老師，曉澄她……」靖儀有些不安地說：「我很擔心，是不是先到這裡就好了？」

「不，等一下。」我思考著，如果他們的社室裡真有其他東西的存在，為什麼要特別強調我這個字呢？

如果這不是收音的問題，那麼到底是誰……或者說，是什麼東西在說話呢？

想到這邊，我立刻又傳了一句訊息給曉澄：

妳再用語音輸入，這次只說「我」一個字就好。

幾秒後，曉澄的下一句訊息傳來了。

我讓她只說一個字，傳來的卻是一段完整的句子。

我我我我我我我我我還活著。

跟訊息同時送來的，還有一聲尖銳的尖叫，是曉澄在社室裡發出來的。

「曉澄！」一聽到尖叫聲，我趕緊朝社室衝了過去，一把將門打開。

打開門的時候，社室裡一片黑暗，電燈不知道什麼時候被關掉了。

黑暗中，我看到曉澄整個人縮在角落裡，而在她的旁邊，我還看到了另一個模糊的人影。

啪的一聲，峻豪把燈打開，社室恢復光明的同時，曉澄旁邊的人影也消失了

「曉澄，妳有怎樣嗎？」

我趕緊過去關心，還好她沒有受傷，只是一臉茫然，顯然是嚇壞了。

靖儀也過來握住曉澄的手、揉揉她的肩膀，等情緒穩定一點後，曉澄才說出剛才發生的事：「燈突然被關掉的時候，我感覺到旁邊好像有人……而且最後的那句訊息，我聽到

了，是有人直接說出來的聲音……」

曉澄接著指向櫃子，說：「那句我還活著，是從裡面傳來的……」

我們的視線一齊落在那個櫃子上，我立刻上前打開櫃子，把裡面的物品一個一個拿出來。

告別式用的燈泡、中英文緬懷立牌、白布，還有相框……相框本來被壓在最下面，我看不到裡面的內容物，直到把相框拿出來時，我才發現裡面有一張相片。

相片中的臉孔對我來說並不陌生，因為不久前我們才在告別式影片裡看過他而已。

我把相框拿在手上，轉身問：「這是車禍去世的那位同學吧？我記得他叫張承翰？」

「對，這是我們在告別式上用的照片。」峻豪說。

「我記得遺照不是都會還給家屬嗎？怎麼會在你們這裡？」

「如果是一般的告別式，遺照確實會由家屬帶回去保管，等一年後再選吉日燒化，」

峻豪解釋道：「但這場告別式不一樣，是為了他班上的同學而辦的，他的同學希望我們暫時保管照片，等畢業的時候再拿出來，讓他一起參加畢業典禮，所以我們就先把照片收在裡面了。」

原來如此，讓去世的同學能一起參加畢業典禮，聽起來確實很窩心。

我低頭看著相片，最後的那句訊息仍在我腦海裡反覆迴盪。

我我我我我我我我還活著。

他一直在重複我這個字，而且不只一次，在羽晴跟曉澄的訊息裡都有出現，代表這個我指的不是她們，而是另一個存在。

我這個字代表著自身跟自我意識，他反覆強調這個字，就是在強烈地宣告自己的存在，該不會是……

「如果說……」我開口說道：「之前發生的那些事情，就是這位同學想傳達給我們的訊息呢？」

「但我們已經幫他辦完告別式了，大家都很滿意，過程也很圓滿呀……」

峻豪有些困惑，我知道他不是沒想過這個可能，只是想不到理由。

我緩緩搖頭，思緒逐漸變得清晰，一個可能性逐漸浮現。

「如果他想傳達的意思，就是字面上的意思呢？」

我抬起頭，看向在場的每一個人。

每個人心裡都有了預感，他們就像在等待偵探說出真兇的名字般，連呼吸都停止了。

我深吸一口氣，把話說出口。

「如果他真的還活著的話呢？」

******

社團活動時間不只是學生放鬆的時刻，也是老師們的喘息時間，沒有負責社團的老師，可以在辦公室處理自己的事務，或是暫時離開學校，到附近喝杯咖啡再回來。

我們走進三年級樓層的老師辦公室時，裡面只有一名老師，他低著頭似乎正在座位上改考卷。

「嗯？」聽到腳步聲後，那名老師也抬起頭來看向我們。

那是一名相當年輕的男老師，看起來只比我大幾歲，穿著裝扮也十分時髦，是那種感覺跟學生感情很好的老師。

走在最前面的峻豪先打了招呼：「蔡老師。」

「你……我記得你是生命禮儀社的社長，」蔡老師很快就認出了峻豪，他接著把眼神轉向我，懷疑地問：「你是誰啊？」

在老師眼中我是陌生人，有戒心也是很正常的，我只好先介紹道：「你好，我是偵探社的指導老師。」

「我們學校有偵探社？」蔡老師一臉半信半疑。

「嗯……這個不重要，請你先聽他說，好嗎？」

我往旁邊退開，曉澄跟靖儀也跟著走到我身後，讓峻豪跟羽晴兩人面對蔡老師。

峻豪深呼吸一口氣，終於問出了那句話：「蔡老師，你們班上的張承翰，他是不是還活著？」

蔡老師臉上閃過一絲不易察覺的驚訝，手中的紅筆更差點掉到桌上，還好他在最後一秒勉強控制住，臉上硬擠出笑容，說：「你在說什麼啊？你們不是已經幫他辦過告別式了嗎……」

「那我再問一次，」峻豪維持住沉穩的語氣，說：「蔡老師，你是不是利用我們了生命禮儀社，讓班上的同學以為張承翰已經去世了？」

蔡老師臉上的笑容僵住了，他緊緊咬著牙齒，似乎正在思考要怎麼回答。

我說：「蔡老師，這件事其實只要打電話問一下醫院就知道了，你們或許想隱瞞這件事情，但醫院是不會說謊的。」

蔡老師的臉色明顯變了，他的目光開始閃爍，喉嚨不斷吞嚥著唾液，猶豫著是否要說出真相。

「其實我們在來這裡之前已經問過醫院了，如果老師你還想繼續否認，那我們會直接去找承翰班上的學生，讓他們知道真相。」

說完後，我朝峻豪使了個眼神，要他假裝離開辦公室。

「等……等一下！」

果然，峻豪剛移動腳步，蔡老師就開口叫住了他。

「……我說，我會說的。」

蔡老師低下頭來，他已經無法再假裝鎮定了。

「是承翰的父母，這個想法是他們提出來的……」

雖然蔡老師低著頭，但我們仍能看到他臉上那沉痛的懊悔，或許他也知道這是錯的，但他不得不這麼做。

「那場車禍之後，承翰一直處於昏迷狀態，醫生說他的情況非常不樂觀，醒來的機率不到百分之一，就算醒來，也有很高的機率無法恢復意識，變成植物人。」

「班上的同學一直很關心承翰，每天跟我問他的狀況，放學後也會一起去醫院看他，但那份關心最後慢慢變成壓力，班上的氣氛越來越糟糕，慢慢的，班上每個人的笑容都不見了，甚至沒有辦法認真念書……」

蔡老師頓了一下，像在選擇措辭，接著說：「承翰的父母不希望這樣，他們不想讓大家因為承翰的事情分心，更不想讓大家看到承翰變成植物人的悲慘模樣，他們甚至覺得……乾脆讓同學們以為承翰不在了，這對大家來說會比較好受。」

「而且大考又快到了……我跟承翰的父母只是希望同學能放下對承翰的擔憂，繼續往

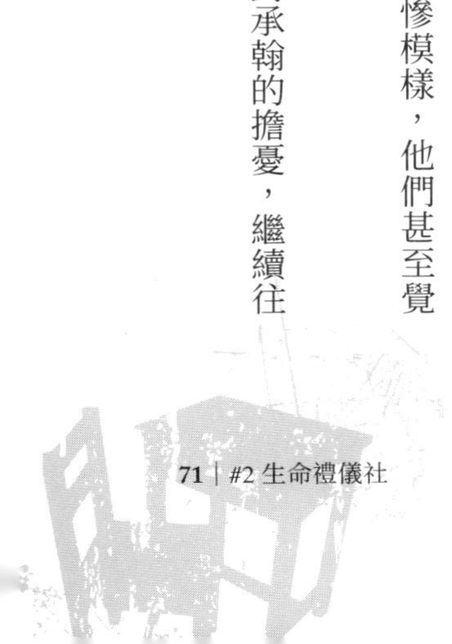

前走……」

說著說著，蔡老師的語速越來越快，像在為自己辯解，也像是在說服自己這樣做是對的。

「所以我才想到生命禮儀社，只要透過一場非正式的告別式來讓大家以為承翰已經去世了，他們就能夠忘掉承翰，繼續為自己的未來努力，這不就是告別式的意義嗎？」

「不對，才不是這樣。」

峻豪打斷了蔡老師，他緊握著拳頭，聲音無比堅定。

「老師你錯了，告別式的意義從來都不是遺忘，而是為了能記住他們。」

蔡老師抬起頭來，面對峻豪的目光，一時間卻說不出話。

羽晴這時從峻豪身後走出來，她雙手捧著一幅相框，正是承翰在告別式上的遺照。

「老師，請你再認真看一下他的臉。」

羽晴把相框輕輕放到桌上，說：「你真的覺得，把他當成死去的人，這樣是對的嗎？」

蔡老師望著那張照片，一動也不動。

我沒有說話，只是作為旁觀者靜靜看著這一幕。

承翰他還活著，出現在社室裡的就是他的生靈。

告別式上，當同學們一一走到他的照片前跟他說話時，或許他的身體仍在醫院裡昏迷不醒，但照片裡的他全都聽見了。

黑暗中的人影、反覆出現的訊息，還有曉澄聽到的聲音，這些都是他努力傳達的訊息。

他還不想說再見，而是用盡最後一絲意志力在告訴其他人。

我還活著。

我還想醒來。

我還想再見你們一面。

「就算他還在昏迷，你們也沒有權利替他做這種決定。」峻豪盯著蔡老師，強迫他面對正確的選擇。

「如果老師你不肯跟他們說出真相，那社團活動結束後，我就親自到你的班上，把真相告訴他們。」

蔡老師低著頭沉默不語，每個人都在等待他的回覆。

終於，蔡老師伸手拿起相框，他注視著承翰的相片，隨後閉上了眼睛。

等蔡老師再睜開眼時，強忍著的情緒終於潰堤，他眼角泛出淚水，聲音也帶著哽咽。

「不……這是我的責任，承翰還活著，這件事應該由我親口告訴他們才對。」

說完這句話後，蔡老師吐出了長長一口氣。

這段時間壓在心裡的自責與愧疚，他終於能放下了。

＊＊＊＊＊

回到偵探社時，社團活動時間已經快要結束了。

我們沒有跟著蔡老師一起去他的教室，不管學生聽到真相後有什麼反應，那都是蔡老師跟學生之間的事情，偵探社的工作已經結束了。

重要的是，我們把承翰的訊息成功傳達出去了。

社室的門關上後，曉澄靠在椅背上一副累癱了的樣子，問：「昊祺哥，你覺得那個學生真的會醒來嗎？」

「一定會的，尤其是同學們收到他的訊息後，他一定會更努力清醒過來跟大家見面。」我看了曉澄一眼，笑著說：「比起這個……曉澄，妳今天真的很勇敢喔。」

曉澄的臉很快就紅了，她別過頭說：「我是社長耶，我只是做自己該做的事而已啦！」

「還是要獎勵妳一下啦，今天放學再請妳們吃冰淇淋。」

一聽到冰淇淋，曉澄眼睛立刻亮了起來，但她還是嘴硬地說：「昊祺哥，我不是小朋友了，不要每次都想用冰淇淋打發我！」

我哈哈大笑，這時我注意到靖儀坐在一旁，正專心盯著手機不知道在看什麼。

「靖儀，妳在看什麼？」我好奇問。

「喔，我在看那天告別式的影片，」靖儀說：「關於會長失蹤的事，我覺得可以排除生命禮儀社的嫌疑了。」

「咦？為什麼？」曉澄馬上湊過來問道。

「我請羽晴把告別式的完整影片傳給我，原來後面還有一段會長的影片。」

靖儀把手機螢幕轉過來，讓我們一起看。

畫面中是學生會長林梓萱，這時候告別式似乎已經結束了，可以看到羽晴在教室裡收拾道具。

峻豪的聲音從畫面外傳來，問：「會長，妳看完這場告別式後有什麼感想？」

「很感動，真的很感動。」

梓萱眼角還掛著淚痕，臉頰也因為剛哭過而泛起紅暈，但她還是對鏡頭擠出一個溫柔的微笑。

「我不希望看到有學生去世……但我真的覺得，生命禮儀社的存在是有意義的。」

#3
水怪社

#3 水怪社

「你好，歡迎光臨！」

一聽到自動門打開的音樂聲，正蹲在貨架前補貨的我趕緊抬頭喊出歡迎的口號，在便利商店打工這麼久，這已經成為我的本能反應了。

可當我抬頭看到進門的客人，我的表情瞬間就僵住了，因為走進店裡的竟然是曉澄跟靖儀。

「嗨！昊祺哥晚安啊。」

曉澄瞇著眼睛，嘴角以一種詭異的角度往上揚，露出一副不懷好意的笑容，靖儀則是很有禮貌地點頭打招呼。

「這麼晚了妳們還不回家，跑來這裡幹嘛？」

我從貨架前站了起來，現在已經快晚上十一點了，附近居民都是有小孩子的普通家庭，這時間差不多都睡了，因此晚上的客人並不多，這也是我應徵這間店夜班的原因，就像現在，整間店也只有我跟她們三個人而已。

「當然是要來跟你討論明天的事情啊。」曉澄說，一邊跟靖儀去拿了飲料，到櫃檯等我結帳。

我嘆了一口氣，只能先過去幫她們結帳。

掃過飲料上的條碼時，曉澄又說：「還有一個好消息，那個因為車禍昏迷的男學生，張承翰，他恢復意識了。」

我停下結帳的動作，驚訝道：「真的？」

「嗯，就在我們拜訪完生命禮儀社之後，」靖儀補充說明：「蔡老師把張承翰還活著的消息告訴班上的同學後，他隔天就醒過來了，雖然還不能下床，但他已經能正常說話了。」

「太好了……」我心裡鬆了一口氣，上次的社團活動結束後，這件事一直壓在我心上，現在終於能放下了。

當時，我們成功把承翰的聲音傳達給他的同學了，但他真的能成功醒來嗎？就結果來看，同學們的信念果然發揮了力量，相信承翰也是聽到同學的聲音，才努力醒過來的吧……

「對了，昊祺哥，你可以請我們吃那個嗎？」曉澄指向櫃台後面的霜淇淋機，臉上又露出了那詭異的笑容。

我恍然大悟，原來她的目的是這個，我瞄了一下靖儀，雖然她沒說話，不過她也擺出一臉「我想吃」的表情。

兩人同時對我投來對霜淇淋充滿渴望的眼神，我頓時心一軟，說：「好啦，等一下我用好幫妳們送過去！」

曉澄跟靖儀各自歡呼一聲，拿起飲料就到用餐區去了。

做好兩支霜淇淋後，我用杯子裝著，走過去把霜淇淋放在她們桌上。

曉澄拿過杯子，把一口霜淇淋舀進嘴巴裡後，她發出「嗯嗯嗯」的滿足聲，說：「太好吃了……我就知道昊祺哥不會讓我們失望……」

「好啦，快點說正事。」現在沒有客人，我便直接坐下來，說：「明天的社團活動就要去找水怪社了吧？我記得妳說過，他們是相信學校池塘裡有水怪的社團，是嗎？」

「沒錯，」曉澄大口吃著霜淇淋，一邊說：「水怪社是四年前創立的，創社的學長曾經在池塘旁邊目擊過水怪，還拍下一張照片當證據，然後他就成立水怪社了。」

「妳們有那張照片嗎？我想看一下。」

曉澄用另一手打開手機，點出照片，然後把手機放在桌上給我看。

手機螢幕上是三名學生在池塘前面拍的合照，照片中可以看到池塘的整體環境，以學校的池塘來說，它的面積相當大，幾乎有半間教室的大小。

至於那所謂的「水怪」，就在池塘靠近岸邊的地方。

一說到水怪，許多人應該會想到尼斯湖水怪那種蛇頸龍的形象，但這張照片中的水怪完全不是那種樣子。

照片裡，池塘邊緣濺起一陣水花，水花中浮現出一個模糊的黑影輪廓，只能勉強辨認出是個圓形，看來像某種球體，又像是人類的頭部，總之絕不是一般的水生動物。

我忍不住皺起眉頭，抱怨道：「怎麼跟尼斯湖水怪一樣，拍到的照片都這麼模糊？他們光靠這張照片就認為池塘有水怪？」

曉澄大力點頭，說：「創立水怪社的學長對此深信不疑，他相信自己看到的就是水怪。」

「那個學長就在照片裡嗎？是哪一個？」

「他是負責拍照的，沒有在照片裡。」靖儀接過話題，解釋說：「他說他拍照的時候，真的有看到東西從水裡冒出來，但他按下快門之後，那東西很快就潛到水裡了，他相信那一定是未知的不明生物。」

「那他現在人呢？」

「嗯……聽說他畢業後在大學也創建了超自然生物社團，偶爾也會回來參加水怪社的活動。」

「那水怪社平常都在幹嘛？他們真的在找水怪嗎？」

「還真的是這樣喔。」曉澄說：「他們幾乎天天都會去池塘觀察，看有沒有水怪活動的蹤影，還會在社室裡一起看各種超自然生物的電影，總之就是一群怪人就對了。」

原來如此，大概知道水怪社的背景後，我問了一個重要的問題：「那妳們覺得呢？池塘裡真的有水怪嗎？」

曉澄跟靖儀對看一眼，然後一起搖了頭。

「用膝蓋想也知道，怎麼可能有水怪嘛！」曉澄理所當然地說。

「如果池塘裡真的有未知生物，應該早就被別人發現了才對。」靖儀也說。

我馬上提醒她們：「妳們明天可千萬別這樣說，不管有沒有水怪，都不要否認他們的觀點。」

「欸？為什麼？」

「水怪社跟一般社團不同，加入水怪社的學生對超自然生物是百分百相信的，跟UFO狂熱者一樣，這就是他們的信念，『水怪不存在』這種話對他們來說就是一個大地雷，絕對不能說。」

我靠在椅背上嘆了一口氣，說：「我小時候看完《侏儸紀公園》以後，也真的拿鏟子去學校的沙坑亂挖，希望能挖到恐龍化石，結果什麼都沒有，但我當時真的相信化石就沉睡在裡面，那種信念是無法被輕易改變的。」

曉澄跟靖儀各自點頭，記下了我的提醒。

「記得就好，吃完就快回家吧，別讓妳們爸媽擔心。」我站起身來，準備回去繼續補貨。

曉澄吃下最後一口霜淇淋，笑著說：「那昊祺哥可以再請我們一次嗎？」

我朝她瞪了一眼，說：「不要忘記我現在一毛鐘點費都還沒領到喔。」

「可是我看你很開心啊。」

像是被猜到心事似的，曉澄這句隨口而出的話讓我的心跳猛然加快了一拍。

確實，一開始靖儀帶來的留言板謎團、還有生命禮儀社事件中老師的謊言，解開這些事件後，我的確得到了某種滿足。

不是偵探社的名聲、也不是為了鐘點費。

而是那股想要知道真相的慾望，又開始在我體內甦醒了。

*****

隔天下午的社團活動，曉澄跟靖儀到校門口接我之後，我們不去社室，而是直接前往池塘。

池塘位於學校最裡面的區域，池塘右側是一小塊綠化區，有迷你的涼亭跟步道，左側則是圖書館，從池塘可以看到蓋在圖書館側邊、呈Z字形的火災逃生梯，看上去就像貪食蛇一樣。

這時已經有幾名學生在池塘旁邊聚集，想必就是水怪社的學生了。

其中一名戴眼鏡的女學生看到我們，馬上興奮地朝我們衝過來，一邊揮手：「你們好！你就是偵探社的指導老師吧？感覺真的好像動畫裡會出現的偵探耶！很期待你能幫我們找到水怪的線索！」

「啊？」我一時間沒理解女學生的意思，隔了幾秒後才恍然大悟，曉澄一定是用「偵探社的指導老師很厲害，一定能幫你們找到水怪」之類的話來當成拜訪水怪社的理由吧。

我朝曉澄瞥了一眼，她則是一臉沒事地介紹：「昊祺哥，這位就是水怪社的社長，蘇沛瑄同學。」

「妳好。」既然都來了，我也只好先打招呼了。

不得不說，沛瑄的外型確實很符合超自然愛好者，俐落的短髮、炯炯有神的好奇大眼睛，給人的感覺就是個古靈精怪的女孩。

除了沛瑄之外，池塘邊還有四名學生，我問：「水怪社就你們幾個嗎？」

「是啊，水怪社現在就剩我們幾個在維持了。」

像是不服輸似的，沛瑄嘟起嘴巴來說：「這一點都不公平，律安學長拍到水怪照片的時候可是在學校引起一陣轟動，當時很多學生下課就是跑到池塘看會不會遇到水怪，還有一堆人想要加入水怪社，結果一段時間後，大家就對這件事沒興趣了……」

她口中的律安學長，就是那位拍到水怪照片的學生吧，至於其他學生會對水怪不感興趣，這也是無法避免的，畢竟多數人只是跟風看熱鬧，但沛瑄他們卻是帶著熱情在尋找水怪。

「雖然機率微乎其微，但我們一直想證明池塘裡真的有未知生物。」沛瑄看著我，眼神中閃爍出期待的光芒，說：「很開心偵探社也對水怪有興趣，相信今天有你們在，一定能幫我們找到的！」

「哈……我會努力……」我乾笑一下，又問：「關於尋找水怪，你們都用過什麼方法呢？」

「最單純的就是待在池塘旁邊觀察，有時也會用各種道具，像是用水下攝影機來探測池塘裡的環境，但池塘的水質太髒了，攝影機什麼都拍不到，學校對池塘幾乎沒在管理，本來還能看到裡面的魚，但現在的水質已經髒到什麼東西都看不到了。」

「梓萱會長前陣子不是有來找過你們？有請她幫忙嗎？」曉澄問，看來她沒忘記我們的主要任務是找到失蹤的會長。

「喔，梓萱會長確實有來找我們，她說她想多瞭解一下水怪社，她還聽得很入迷呢，我也有跟她說池塘的事，希望她能請學校清理一下。」

「那她怎麼說？」

「她說會跟學校反應，不過不是為了水怪社，而是她覺得池塘本來就要保持乾淨，對了，她還跟我們要了律安學長的聯絡方式，說有事想問學長。」

「她要找你們的創社學長？為什麼？」曉澄又問。

「這個我也不知道，她只說有事情想請教律安學長，然後我們就沒有再看過她了。」

我跟曉澄交換了一下眼神，看來梓萱在拜訪完水怪社後還去找了律安，如果梓萱的失蹤跟水怪社有關，那我們也有必要去找一下這個律安，看梓萱失蹤前跟他說了什麼。

「能給我們創社學長的聯絡方式嗎？我們也想找他聊一下。」我說。

「可以啊，」沛瑄沒有多疑，直接把律安的聯絡方式給了我們，接著補上一句：「不過律安學長現在在國外，好像是到英國的尼斯湖玩，過兩天才會回來喔。」

英國的尼斯湖……應該也是為了水怪才去的吧，看來只能等他回來了。

這時水怪社的其他學生已經準備好尋找水怪的作業了，一名男學生把筆電跟一個我沒看過的機器連接在一起，不知道那到底是什麼。

曉澄跟靖儀也用好奇的眼光打量那個機器，沛瑄見狀，便自豪地介紹：「你們今天來的正好，我們今天準備了新道具，這是用探魚儀改裝成的探測器，可以用聲納探測池塘裡的生物，如果水怪有動靜，這台儀器一定能掃到。」

我再一次打量那台機器，那是一個類似迷你潛水艇的裝置，機身上有一條線連接著筆電，可能是因為機器還沒啟動的關係，螢幕上還沒有任何畫面。

「你們怎麼會有探魚儀啊？」

「我叔叔有在釣魚，我跟他借來的。」操作電腦的男同學說：「社長，機器設定好了，可以放到水裡啟動了。」

「沒問題！」

沛瑄抱起那台迷你潛水艇，走到池塘邊後把機器小心翼翼放入水中，池塘邊許多石頭都佈滿青苔，看到沛瑄走在上面，我一直擔心她會滑倒，忍不住為她捏了把冷汗，還好她放下機器後就平安走回來了。

「好了，水怪八號，正式啟動！」在沛瑄的口號下，操作電腦的男同學按下了啟動開關，螢幕上顯示出類似海底地形圖的畫面，中央不斷跳動著細密的聲波圖像，像是雷達與心電圖的綜合體。

「水怪八號……這代表之前還有七台機器嗎？」靖儀好奇地問。

「是啊，不過之前的機器都……唉呀，在找到真相前，本來就要經歷許多失敗呀。」

看來之前的水怪一到七號不是沒用就是故障了吧，但我已經開始佩服他們了，為了一個社團活動竟然能做到這樣。

「那麼我們就開始探測吧……啊，差點忘了，這些東西是觀察時絕對少不了的。」

沛瑄從包包裡拿出一堆零食飲料，看來等待的時候不會無聊了。

儀器開始探測後，時間很快就過了一個小時，聲納偶爾有掃描到生物，但都是一些普通的魚，沛瑄說池塘有一些民眾放養的鯉魚跟鯽魚，有老師會固定來餵牠們。

又等了一個小時，儀器仍沒有出現太大的反應，水怪社的成員似乎有些失望，但整個過程不會無聊，因為大家邊吃零食邊聊天，就像野餐一樣，只是這裡的蚊子確實多了一點。

眼看社團活動時間就要結束，這次的水怪探測任務顯然是失敗了，沛瑄跟其他社員已經開始討論這次找不到水怪的原因：「會不會牠有某種智慧，知道我們用聲納在探測，所以就潛伏在水底一動也不動？」「也可能池塘裡另有通道，牠透過通道跑到其他水源了，所以我們才找不到牠。」

他們討論的正激烈時，曉澄突然問了一句：「為什麼你們不直接用抽水機呢？只要把水全抽掉，不是就一清二楚了嗎？」

「哇！」我趕緊把曉澄拉到旁邊，不讓她繼續說，但我終究慢了一步。

「抽水機嗎……」沛瑄聽到曉澄的話後沒有生氣，而是會心一笑，說：「當然，我們也知道這樣很簡單，不管有沒有水怪，只要把水抽光就能知道答案了，但這樣的話就不好玩了。」

看到沛瑄的笑容時，我馬上就知道了。

或許她早就知道了……池塘裡根本沒有水怪，但真正有趣的不是水怪，而是探索未知的過程，因此就算只有千分之一的機率，他們也要堅稱水怪是存在的。

「看來今天又失敗了……很抱歉，偵探社的大家難得來一趟，我們卻沒有收穫。」

「不，請別這麼說，今天跟你們聊得很開心啊。」我趕緊擺手說道，發現自己說錯話的曉澄更是低下頭來。

水怪社的成員們紛紛收起東西，沛瑄也走到池塘旁邊把儀器收回來，就在這時，我本來擔心的事情發生了。

沛瑄的腳踩到石頭上的青苔時，突然腳底一滑，整個人咻一下跌進了池塘。

「沛瑄！」我跟其他人趕緊到池塘邊，雖然不知道這池塘水深多少，但目測應該不淺。

還好，我們跑到池塘邊時，沛瑄已經游到岸邊，雙手抓在石頭上了。

「不要緊，我會游泳。」沛瑄吐出舌頭苦笑了一下，說：「觀察水怪這麼久，這還是我第一次掉進來呢。」

「別開玩笑，快點上來，不然會感冒的！」我跟曉澄一起拉住沛瑄的手，合力把她拉上來。

爬上岸的時候，沛瑄突然停頓了一下，回頭看向池塘。

「怎麼了？有東西掉在裡面嗎？」我問。

「不，沒有……」沛瑄甩了一下腳，懷疑地說：「只是……剛才好像有東西拉了我一下。」

「難道是水怪？」曉澄說。

沛瑄笑了出來，說：「真的是水怪的話就好了。」

上岸後的沛瑄全身衣服都濕了，我趕緊把身上的襯衫脫下來給她保暖，靖儀說福利社有在賣制服，問清楚沛瑄的型號後，她馬上跑去福利社，我則是讓沛瑄坐著休息，等靖儀回來再去廁所換衣服。

這時，操作電腦的男社員說：「等一下……儀器剛才好像怪怪的。」

「怎麼了？」我跟曉澄都探頭過去。

「社長落水時，聲納有奇怪的反應，除了掃描到社長外，好像還有另外一個體積跟人差不多大的東西……」

「或許是聲納重複掃描到社長了。」旁邊的另一名社員說。

「還是讓社長看一下吧，」操作電腦的社員想叫沛瑄過來，但他一轉頭，聲音就卡住了。

「社……社長呢？」

我跟著轉過頭去，沛瑄坐著休息的地方只剩下我的襯衫，還有一灘濕淋淋的水印，她人卻不見了。

「沛瑄？她人呢？有人看到她嗎？」

我們散開來檢查周圍，卻沒看到沛瑄的人影，難道她趁我們不注意的時候離開了池塘？

正這麼想時，我突然聽到了曉澄的聲音：「昊祺哥，這邊！」

我跑過去一看，曉澄正指著池塘旁的地面，地上是一串溼答答的腳印，一路從池塘延伸出去，最後消失在通往圖書館的方向。

「她好像往圖書館的方向去了。」

「走，快去看看！」我拉著曉澄，順著腳印追了上去。

腳印最後延伸到圖書館側邊的逃生梯，我們沿著逃生梯往上一看，很快就看到了沛瑄的身影。

她站在二樓的逃生梯，身體輕輕靠在欄杆上，雙眼緊盯著正下方的池塘。

我心裡有不好的預感，趕緊跑了上去。

跑上二樓後，我不敢輕易靠近沛瑄，而是站在她身後幾步的距離，輕聲試探：「沛瑄，妳怎麼跑上來了？」

沛瑄沒有回話，只是慢慢轉動脖子，往後朝我看來。

那是沛瑄的臉沒錯，但感覺起來卻不像她。

她一臉呆滯，像是失去了所有的感情跟情緒，眼睛也在不停流淚，不知道是為了什麼在哭泣。

「昊祺哥，她手上……」

曉澄在我身後提醒，而我一開始就注意到了，沛瑄正把自己的鞋子拎在手上，讓我想到那些跳樓前會把鞋子整齊排好的人。

「沛瑄，我現在要帶妳下去，妳不要亂動，好嗎？」

沛瑄沒有回答，而是將手抬了起來，然後用力一甩，把那雙鞋子丟到樓下。

鞋子在空中劃出一道弧線，接著噗通一聲掉進池塘，在池塘上濺起一陣水花。

沛瑄看著濺起的水花，緊接著身體也向前傾，往欄杆外倒去。

「喂！」我一個箭步往前跨，在最後一刻抱住沛瑄的腰，把她拉了回來。

把沛瑄拉到懷裡後，她的身體異常冰冷，一碰到她的肌膚就讓我打了哆嗦，同時她的眼皮也緊閉著昏了過去。

我跟曉澄一起把沛瑄扶下逃生梯，水怪社的其他學生也趕過來焦急地詢問情況。

「社長她怎樣了？」

「要不要叫救護車啊？」

我讓沛瑄躺在涼亭的椅子上，這時她的眼睛終於緩緩張開來，但意識還不太清楚。

「這是……偵探社的老師？還有大家……我怎麼躺在這裡？」她低聲呢喃，似乎對剛才發生的事完全沒有印象。

「妳剛才跑到逃生梯上，還差點掉下來。」我說。

「我去逃生梯？為什麼我不記得了……」

沛瑄皺起眉頭努力回想，卻只記著自己坐在旁邊休息，然後感覺頭部一陣劇痛，醒來時就躺在這裡了。

「那個……要不要先把濕掉的衣服換掉？」

說話的是靖儀，原來她已經把制服買回來了。

我請靖儀陪沛瑄一起去廁所換衣服，再請水怪社的社員聯絡沛瑄的班導過來，帶她去保健室檢查一下。

沛瑄換好衣服出來後氣色就好多了，沛瑄的班導來之後，水怪社的社員也跟著一起去了保健室，只剩我們偵探社三個人留在池塘。

這時，靖儀突然小聲開口：「老師、社長，那個……」

靖儀的語氣很遲疑，像是在猶豫要不要把這件事說出來。

「怎麼了？妳說。」

「其實剛才……沛瑄站在逃生梯上的時候我就回來了，我擔心會出事，所以在下面有用手機拍照記錄……然後……」

靖儀拿出手機，說：「我拍到了這個。」

我跟曉澄一起把臉湊近靖儀的手機螢幕，兩人睜大眼睛仔細看著。

那張照片正好拍到了鞋子掉進池塘裡的瞬間。

池塘水面濺起一道高高的水花，而在那水花的下方還有一團模糊的陰影，那物體的形狀就像是……

曉澄直接倒抽一口涼氣，說：「這就是水怪嗎？」

「不對，這不是水怪……」我喃喃說道。

那種感覺又出現了。

靖儀拍到的照片、還有水怪的第一張照片、加上剛才沛瑄身上發生的事情，讓我的腦袋迅速轉動起來。

「水怪社的創社學長律安，兩天後就會回來吧？」

「沛瑄剛才是這麼說的，」曉澄點頭，說：「昊祺哥，你是不是又想到什麼了？」

「不確定，我還有些東西要查清楚，」我提醒曉澄：「妳幫我跟水怪社保持聯絡，等律安回來之後再通知我。」

我轉頭看向池塘，此時的水面已恢復平靜，但我心裡的不安卻越來越強烈。

池塘裡的水怪……那不是學生的幻想，而是池塘裡真的有什麼存在著。

*****

兩天後，曉澄獨自跑來我打工的便利商店，跟我說水怪社的創社學長，律安已經回來了。

「太好了，能幫我跟他約在池塘碰面嗎？最好是約在週末，學校裡沒有學生的時候，就說我們想請教他關於水怪的事情。」我想了一下，又說：「還有，不要讓沛瑄跟水怪社的人知道，請律安一個人來就好，然後妳幫我準備這些東西……」

把我說的東西記下來後，曉澄一臉疑惑：「昊祺哥，你要這些東西幹嘛？」

我露出一抹神祕的微笑，說：「當然是為了抓水怪囉。」

「這些東西怎麼抓水怪？昊祺哥，你就不要再賣關子，快點告訴我啦！」

「不行，到時妳就知道了。」我把話題打住，不再多說一句話。

因為我知道，要是我再多透露一點資訊，曉澄一定會嚇到直接逃跑的。

*****

週六假日的校園，來運動的民眾主要集中在操場跟球場，圖書館旁的池塘本來就很少有人會靠近，現在更是只有我跟曉澄兩個人。

趁律安還沒來，我再一次跟曉澄確認：「東西準備好了嗎？」

「好了，都在靖儀那邊。」曉澄還是不放棄，繼續追問：「昊祺哥，你到底想做什麼？真的不能透露一下嗎？」

「等一下再說，他來了。」

我朝操場方向撇了一下頭，一名男生正朝著我們走來，他臉上帶著微笑一邊朝我們揮手，想必就是律安了。

我本以為他會像動畫《膽大黨》的男主角厄卡倫一樣，是個有點宅的男生，沒想到現實中的律安是個身材粗壯，看起來有在健身、個性也很外向的陽光男孩。

「老師你好，很開心能見到偵探社的各位。」

律安主動跟我握手，可以感受到他的手勁真不是蓋的，我把手收回來時甚至還隱隱作痛。

簡單問候幾句後，律安說：「本來以為我創立水怪社已經很獨特了，沒想到學校現在連偵探社都有了。」

「既然有水怪社，為什麼不能有偵探社呢？」曉澄似乎不太服氣。

我趕緊轉移話題，問：「聽說你去尼斯湖旅遊，怎麼樣？有找到尼斯湖水怪嗎？」

「如果真的被我找到，那我就能登上國際頭條了。」

律安苦笑著，說：「雖然這次去沒有看到水怪，不過還是很好玩，坐在船上遊湖的時候，我一直想像水怪在我們船底下游泳的樣子……不管別人怎麼說，至少牠在我的心裡是存在的。」

「那學校池塘裡的水怪呢？你也相信牠存在嗎？」我問。

「當然了，」律安篤定地點了點頭，說：「是我拍下那張照片的，要是連我都不相信，水怪社的學弟妹又怎麼會有動力呢？」

「既然如此，那我們就讓水怪現身吧。」

聽到我這句話，一直侃侃而談的律安突然愣了一下，問：「你說什麼？要讓牠現身？」

「沒錯，我已經知道讓牠現身的條件了。」

我拿出手機，點開一張照片給律安看。

那張照片，正是前幾天沛瑄從二樓逃生梯把鞋子丟到池塘裡時，靖儀所拍下的照片。照片中可以看到，鞋子落水的瞬間除了水花之外，還有某個物體從水中冒了出來。

「這是我們前幾天拍到的，如你所見，我們也拍到了水怪，雖然很模糊，但還是能看到水怪這次露出水面的部位，比你的照片還要多。」

我指著照片中冒出水面的部位，說：「如果水中的物體是一個人，那在你的照片裡，他只冒出了頭，但在這張照片裡，他更往上了一點，連肩膀都浮出水面了。」

「這……」律安說不出話來，像是還沒準備好接受這張照片的存在。

「一直以來，大家都認為你照片中的水花是因為有物體冒出水面而產生的，但如果相反的話呢？」

我刻意停頓了一下語氣，說：「假如說……那其實是東西落水時的水花呢？」

律安把視線從手機上移開，緊盯著我，沒有說話。

我轉身朝圖書館的逃生梯揮手，靖儀已經在二樓待命了，她手上握著兩顆網球，腳邊還有一整籃球，這正是我叫曉澄準備的道具。

「接下來就讓水怪現身吧，那女生等一下會從二樓把網球丟到池塘裡，然後……曉澄，妳把手機準備好，等靖儀丟的網球掉進水裡，水花一出現，妳就拍照。」

「喔，好。」曉澄不知道我想做什麼，但她還是拿出手機準備拍照了。

「靖儀，開始丟吧！」

在我們的注視下，靖儀開始把網球丟到池塘裡，網球在空中畫出拋物線，噗通一聲掉進池塘裡，激起水花。

「就是現在，拍！」

曉澄立刻按下快門，拍下網球落水的那一刻。

二樓的靖儀繼續丟球，她依照我的指示，沒有一口氣把網球全丟下去，而是每隔幾秒鐘丟一顆。

幾秒後，第二顆網球落水，曉澄又拍下了照片

就這樣，一顆接一顆的網球被丟進池塘，每一次落水都激起一小團水花。

等丟到第十顆的時候，我舉起手來示意靖儀不用再丟了，然後說：「好了，看一下剛才拍的照片吧。」

曉澄打開手機相簿，一看到照片，她全身宛如觸電般震了一下。

「昊祺哥，你快看……」

我把頭湊過去，照片一張張陳列在曉澄的相簿裡，乍看之下沒什麼異常，但仔細看的話，就能看到每張照片的水花中都有一團模糊的身影。

第一張照片，那身影冒出水面的部位比之前更多，幾乎整個上半身都浮出來了。

身影的樣貌雖然模糊，但勉強能看到她披散在肩膀的長髮，可以確定是一名女性。

第二張照片，她朝岸邊伸出手，她手臂跟手指的形狀極度扭曲，就像溺水的人迫切地想抓住浮木。

第三張照片，她的手抓到了岸邊的石頭，同時身體朝岸邊靠近。

第四張、第五章、第六張……就像定格動畫般，每拍一張照片，那身影就離上岸更進一步。

到第十張照片，她全身幾乎已經爬到岸上了，只剩一截小腿還泡在水裡。

按照這個節奏，再一張，只要再拍一張照片，她的身體就能完全離開池塘了……

「昊祺哥，照片中這到底是什麼……」曉澄的聲音跟手都在發抖，連手機都快拿不穩了。

我觀察律安的反應，他還是沒說半句話，只是面如死灰、緊咬嘴唇盯著那些照片。

「這就是昕陽高中池塘水怪的真面目。」我說：「你拍到的照片是真的，沒有修圖造假，但照片中的不是水怪，而是一張不折不扣的靈異照片。」

曉澄深呼吸一口氣，好不容易讓情緒平靜下來，但她還是不敢相信：「靈異照片？」

我點點頭，說：「許多靈異照片都是真實存在的，但這些照片不是想拍就能拍到，而是有特定的觸發條件，例如在特定的時間跟地點，才能拍到靈異現象出現的那一刻。」

我看向池塘，又看了一下靖儀所在的逃生梯，說：「水怪照片的觸發條件，就是必須從圖書館的二樓逃生梯把東西丟到池塘，在水花出現的瞬間拍下照片，這個身影才會出現。」

「這是什麼觸發條件？也太複雜了吧。」

「會這樣是有原因的，我查過新聞，十三年前，昕陽高中有名女學生不幸身亡，就在這個池塘裡。」

聽到這個消息，曉澄全身又因為害怕而抖了一下，再看律安的反應，他像是早就知道似的，依然面無表情。

我繼續說：「但她不是自殺，而是被霸凌，地點就在圖書館的二樓逃生梯，有同學逼她從二樓跳下池塘，那些人以為她不會有事，頂多只會弄溼衣服，沒想到她跳下去的時候，頭部撞到池塘岸邊的石頭，就這樣昏倒在池塘，溺水身亡了。」

「水怪的真面目，其實就是那名學生被困在池塘裡的冤魂。」我看向已經恢復平靜的池面，說：「對她來說，水面就像一道封印，只有重現當時的瞬間，才能打開封印，讓她浮出水面，離開這個監牢。」

說到這裡時，曉澄終於聽懂了：「原來如此，難怪要從二樓丟東西下來……」

「沒錯，她一直想離開這裡，但觸發的條件實在太難了，直到沛瑄不小心掉到水裡，她才終於得到機會，把自己的意念傳達到沛瑄身上，沛瑄會變成那樣，其實是她在提醒我們該怎麼做。」

我拿出自己的手機，打開相機對準池塘。

「如果我沒猜錯，我們只要再拍一張照片，她就能永遠離開了。」

我朝靖儀揮手，讓她再丟一顆網球。

靖儀接到指令後丟下網球，撲通，水花濺起時，我拍下了照片。

「怎麼樣?拍到什麼?」曉澄雖然害怕,但還是過來跟我一起看了照片。

這次的照片裡,她的雙腳終於踏上岸邊,完全離開了池塘。

她的身影依舊模糊,但動作已經沒有之前的急切,而是帶著一股溫暖的氣息,像是在透過照片跟我們道謝,謝謝我們讓她離開了那座監牢。

「這樣一來,她就自由了。」

我看向一直沉默不語的律安,說:「不過我剛才說的都是廢話,因為你早就知道了,不是嗎?」

律安的表情依然沒有變化,我無法解讀他心裡的想法,只能接著說:「你拍到水怪照片的時候,有人剛好從二樓逃生梯丟東西到池塘裡吧?身為拍照的人,你一定也看到了,你知道那不是水怪,而是無法解釋的靈異現象,但熱愛超自然生物的你認為這是成立水怪社的好契機,所以才沒說出真相,相信你也跟我做了同樣的調查,早就知道水怪的真面目了。」

我說出這些後,律安的表情終於變了,他鬆開了一直緊咬著的嘴唇,像是終於放棄防守般，嘆了一口氣說：「……不愧是偵探社，我繼續裝傻也沒意義了。」

「這麼說，水怪社真的只是謊言？」曉澄問。

「沒錯。」律安露出苦笑，說：「我拍下那張照片時，剛好有個學妹從逃生梯上不小心把鑰匙甩進池塘，我回去後，就在水花裡看到了那個身影，既然如此，為什麼不讓她成為這間學校裡的水怪呢？」

「所以你就創立了水怪社，並對入社的學弟妹隱瞞真相。」我說。

「騙了他們我很抱歉，但我不後悔，因為我很開心可以把探索未知生物的樂趣帶給學弟妹。」律安又看向我，說：「不過很可惜，在你之前，就有另一個人猜到真相了。」

在他開口之前，我已經知道了：「是現任的學生會長嗎？」

「沒錯，她來找我的時候，也說了跟你差不多的推論，你們真的很厲害。」

「啊，所以就是你！」曉澄突然激動起來，伸手指控律安：「一定是會長知道這一切都是謊言後，就說要廢除水怪社，所以你把她給……」

「我有聽說她失蹤的消息，但我發誓，我沒有對她怎麼樣。」律安用力搖頭否認，說：「相反的，她根本沒有要廢除水怪社。」

「我不懂，她已經知道水怪是假的了，還要繼續保留水怪社？」我問。

「我也覺得奇怪，然後她說……」律安短暫沉默幾秒，像是在回憶當時的對話，然後緩緩說道：「她說，即使知道水怪是假的，她也不會解散水怪社，因為探索未知是人類最重要的能力，如果人們沒有對太空感到好奇，人類就不會踏上月球，水怪也是一樣的道理。」

聽到這段話，我突然想到一幅畫面。

那就是在找水怪時，沛瑄驕傲地啟動那台用探魚儀改造成的機器，興奮喊出「水怪八號，正式啟動」時的表情。

這時律安看向我，問：「那你打算怎麼辦？你要把真相告訴沛瑄他們嗎？」

我沉默了幾秒，然後搖了搖頭。

「你都沒想過另一種可能嗎？」

「什麼？」

「那就是沛瑄他們早就知道了，水怪根本不存在。」

我淡淡一笑，說：「但他們還是很享受探索的過程，就算只有千分之一的機率，他們也會繼續尋找下去……或許他們會突破自我，又做出什麼有趣的東西也不一定。」

律安的表情呆住了，像是沒想到我會這麼說。

最後，他緩緩露出一個釋然的笑容，說：「我本來以為不會有人懂的……謝謝你，真的。」

＊＊＊＊＊＊

晚上七點，我來到便利商店打卡上班。

曉澄和靖儀坐在用餐區，桌上擺滿了便利商店的食物，從關東煮到冰棒應有盡有，全都是我請客。

請客的理由很簡單，因為這次我也對她們隱瞞了真相，沒先說出那女學生的事。

「來，奶茶好囉。」我把剛做好的奶茶端過來放在桌上。

好吃好喝的都送上了，曉澄一看到我還是立刻對我訓話：「昊祺哥，你這次真的太過份了！為什麼不先跟我說？」

我無奈地雙手一攤，說：「要是先讓妳知道池塘有鬼，妳一定會先跑掉啊。」

「喂！你太小看我了吧！」曉澄掄起拳頭在我肩膀上揍了一下。

我笑了一下，只能乖乖被她打。

靖儀幫忙打圓場說：「不管怎樣我們都有了收穫，可以確定水怪社跟會長的失蹤無關了吧？」

「嗯，是啊。」我點點頭，說：「那麼，下一個社團就是作弊社了吧？」

聽到這個名字，曉澄本來準備要拿奶茶的手突然停了下來。

「作弊社啊，這個社團比較麻煩，最近出了不少事。」

曉澄皺起眉頭，語氣難得嚴肅起來。

「其實他們的社長好像發瘋，已經一個禮拜沒來學校了……」

#4
作弊社

#4 作弊社

「這裡就是偉哲的房間。」

門前的中年女子對我們說，她的聲音有些沙啞，雙眼也能看到隱約的黑眼圈，看起來像好幾天都沒睡好了。

「你們準備好要見他了嗎？」中年女子問，而我、曉澄跟靖儀三人就站在走廊上，誰也沒有說話。

不知道什麼原因，偉哲的房門還沒打開，我們就能從門後感受到一股難以形容的不安氣息，彷彿我們要拜訪的不只是一個學生，而是一個被關在監牢許久的精神病犯。

我們所在的位置，正是作弊社社長，張偉哲的家，準備幫我們開門的中年女子則是偉哲的母親。

我看了一下曉澄跟靖儀，等她們都點頭後，便說：「我們準備好了。」

偉哲母親點點頭，隨即伸手在門上敲了兩下，說：「偉哲，有客人來找你喔。」

房裡的偉哲沒有立刻答覆，而是傳來一陣喃喃自語的聲音，接著才說：「好，他們可以進來……」

偉哲母親慢慢把門推開，房門打開的瞬間，我聞到一股微微發霉的味道，這味道對我而言並不陌生，以前寫小說的時候，我曾經關在房間裡三天三夜趕稿足不出戶，當時我房間也是這樣的味道。

進入房間後，眼前是一間標準的高中生房間，標準的書桌書櫃跟電腦桌，床上的衣服跟桌上的書本都堆得很雜亂，不過姑且還在能接受的範圍。

這房間裡唯一不太正常的，恐怕只有坐在床上的那個房間主人了。

偉哲盤腿坐在床上，低著頭正在喃喃自語，身體也隨著他的低喃前後晃動，乍看之下就像打坐到走火入魔的僧侶。

我們三人來到偉哲的床前，偉哲母親則站在門口，若偉哲突然做出什麼事，有她在會比較好。

「是偉哲社長嗎？」我先開口問道。

聽到我的聲音，偉哲緩緩抬起了頭，他的臉色呈現出一種詭異的白色，那不只是好幾天沒曬到太陽的蒼白，更像是所有精力都被奪取般，毫無生命力的慘白。

看到他如此不正常的模樣，我手心也忍不住冒出冷汗，但我還是冷靜地問：「我是偵探社的社團指導老師，能問你一些事情嗎？」

「問我……事情……」

偉哲又低下頭來，從腿上慢慢拿起一個物體。

是一支鉛筆。

我瞇起眼睛仔細看了一下，那是一支有黃色六邊形木頭筆身、頂端還有一個小橡皮擦的舊鉛筆，我小學時常會用這樣的鉛筆，而偉哲手上的那支鉛筆，從長度來看至少已經用掉了四分之一，頂端的橡皮擦也幾乎被擦沒了。

偉哲十根手指交叉、小心翼翼把那支鉛筆夾在手裡，然後把鉛筆高舉到頭上，像是在供奉它似的。

隨後，那支鉛筆開始在偉哲的頭上緩緩畫著圓圈，一圈又一圈，持續有規律地繞動著，

現在的我不只手心，而是全身都開始冒冷汗了，因為偉哲夾住筆的那個手勢……我曾經看過，是筆仙。

「……我該和他們說話嗎？」偉哲開口了，但他說話的對象不是我們，而是抬起頭來，看向他手中的鉛筆。

筆尖晃動在空中畫出一個圖形，偉哲像是從圖形中得到了回應，點點頭，然後看著我們，問：「你們找我幹嘛？」

「學生會長林梓萱，你記得她嗎？」我問。

偉哲沒有回答，而是抬起頭又問那支鉛筆：「可以告訴他們嗎？」

筆尖又晃了一下，偉哲又看向我們，語氣斷斷續續的，像在唸被強迫背下來的台詞。

「林梓萱……對……她有來找我……但她是壞人……是壞人……」

此時，我能感覺到曉澄跟靖儀身上同時打出了冷顫。

「為什麼她是壞人？」我趕緊再問。

偉哲皺起眉頭，架住鉛筆的手指開始發抖，筆尖所畫出的圓圈也開始變得混亂急促。

「她是壞人……她想毀掉作弊社……不能再說了……我不能再說了……他叫我不能再說了……」

偉哲說完後，那支鉛筆突然在空中急速抖動起來，像是正在表達怒氣，偉哲則是猛力甩頭，全身像失去控制般開始抽搐顫抖，眼看隨時會失控。

我不知道該怎麼辦才好，只好向偉哲的母親尋求協助。

偉哲母親像是已經習慣似的，說：「大家先出來吧，讓偉哲跟那支筆獨處一下，很快就會恢復了。」

目前的情況也無法再繼續溝通，我們只好先離開偉哲的房間，回去客廳再說。

離開時，我反覆想著偉哲最後說的那句「他叫我不能再說了」。

「他」顯然指的不是梓萱，那這個「他」到底是誰？

*****

從二樓房間回到一樓的客廳後，偉哲的母親很快幫我們泡了紅茶，而客廳裡除了我們偵探社之外，作弊社的副社長李美潔也在。

讓我意外的是，美潔身為作弊社副社長，看起來卻是相當乖巧的一名女學生，感覺跟作弊完全沾不上邊，她怎麼會加入作弊社呢？

「你們剛才都看到了吧？」偉哲母親把紅茶端到桌上，坐下來嘆了口氣說：「那孩子最近就是這樣，完全無法溝通，什麼事情都要先問過那支筆，連上廁所睡覺都不離身，好幾次我想把那支筆丟掉，他竟然威脅我說要自殺……」

偉哲母親轉頭看向我們，眼神充滿了無助：「你們願意來找他，有心想要幫忙，我是很開心……但連醫生都束手無策，我已經不知道該怎麼辦才好了。」

這時，坐在一旁的美潔低著頭小聲地說：「對不起……都是因為作弊社……才會讓社長變成這樣……」

「偉哲這孩子，從小就喜歡耍小聰明。」偉哲母親又嘆了一口氣，說：「他跟我說他要接下什麼作弊社的時候，我就覺得這社團很奇怪，只是沒想到他會走火入魔變成這樣。」

「可以先請教作弊社的事情嗎？」我開口說：「我一直很好奇，你們社團真的都在研究作弊的方法，然後應用在考試上嗎？」

「啊，那只是噱頭而已啦，只有一開始是那樣，」美潔苦笑了一下，說：「聽說創社的學長姊都是很認真在作弊，他們創立作弊社就是為了跟老師下戰書，並發明不會被老師抓到的作弊手法，甚至有好幾個人成功了，還被列入作弊社的名人堂，他們的道具也被列為作弊神器，真的很厲害！」

作弊社的名人堂跟作弊神器，這些聽起來不切實際的頭銜卻引起了我的好奇心，好想知道到底是哪些神器啊。

「不過那都是以前的事了，我們現在也會研究很多誇張的作弊方法跟道具，不過都是好玩而已，從來不會真的拿去作弊，偉哲社長也帶頭玩得很開心。」

說到這裡，美潔的語氣忽然沉了下來。

「直到梓萱會長失蹤之後……社長就變了。」

偉哲果然跟梓萱的失蹤有關嗎？我還沒開口，曉澄就急著問了：「怎麼了？妳快說啊。」

「其實，梓萱會長在失蹤前有來拜訪過作弊社，她說學校準備重整社團，想要把不必要的社團廢除或合併，梓萱會長也覺得作弊社很有趣，但給外界的觀感實在不是很好，她不想讓新來的學弟妹覺得作弊是正確的，因此提議說要廢除作弊社。」

「然後你們社長強烈反對，抵死不從，是不是這樣？」曉澄這次說得更直接了。

「曉澄，妳冷靜一點啦。」

我趕緊安撫曉澄，我知道她已經把偉哲當成頭號嫌疑犯了，畢竟偉哲剛剛才親口說過，梓萱是想要毀掉作弊社的壞人。

沒想到美潔卻搖了搖頭，說：「不，社長沒有反對，梓萱會長跟他說要把作弊社合併到水怪社時，他還很開心呢，因為他覺得水怪社也很好玩，他還說他身為作弊社的最後一任社長，覺得很有紀念性。」

梓萱想把作弊社合併到水怪社裡嗎？我忍不住在心裡笑了出來，就某種意義上來說，這兩個社團確實彎像的。

但美潔接下來說的內容，很快就讓我笑不出來了。

「可是……梓萱會長失蹤後，社長整個人就變了，就在我要送出廢社申請書的時候，社長突然說他找到了無敵的作弊方法，又不打算廢社了。」

「無敵的作弊方法？」我想起偉哲在房間裡的怪異行為，很快就聯想到了：「該不會就是那支鉛筆吧？」

「沒錯，就是那支鉛筆，社長之後用那支鉛筆在考試中作弊，不但考到高分，而且老師們一點辦法都沒有。」

「用鉛筆作弊，這不可能啊。」靖儀很快提出異議：「我們學校規定考試一定要用原子筆寫，因為鉛筆的筆跡很容易塗改，他是怎麼做到的？」

關於這點，我已經想到答案了。

「是筆仙，對嗎？」我說。

美潔輕輕點了點頭，說：「是，考試的時候，他不會直接用那支鉛筆寫答案，而是在每寫一題之前先問那支鉛筆答案，得到答案後再用原子筆寫上去，就像你們剛才看到的那樣。」

「蛤？這也太扯了吧？」這種作弊方式連曉澄都不敢相信。

這確實很扯，在考試中詢問筆仙答案，這就跟用骰子來猜答案一樣，聽起來很荒謬，但並沒有規定不能這麼做。

「我一開始也以為社長在開玩笑，但是考試成績不會騙人，他真的用那支筆考到了班上前三名。」美潔說。

偉哲母親接下去說：「老師跟我說偉哲成績有進步的時候，我還很開心，直到美潔告訴我真相，才知道他是用這種方式考到前三名的，說實話，我寧願他在班上吊車尾，也不想看到他變成現在這樣……現在的他已經離不開那支筆了。」

我深吸一口氣，看到偉哲在房間裡的模樣時，我心裡就已經有底了，那就是偉哲已經完全被筆仙操控了。

筆仙和錢仙一樣，他們並非真正的神仙，而是普通的孤魂野鬼，他們利用儀式附到器具上，讓器具成為通靈的工具。

如果請來的是一般的鬼魂，那還沒關係，但如果是帶有惡意的邪鬼，那他們就會利用人類對鬼神的信仰心態，讓人們對他們深信不疑、產生依賴，到最後完全離不開他們，而這一切都是要付出代價的。

比起這個，更重要的問題是……

「那支鉛筆是從哪裡來的？」我問。

美潔很快回答道：「那是我們作弊社的『四大神器』，我們社室有個櫃子專門供奉這些神器，那支筆就是其中之一。」

「四大神器……我很好奇耶，另外三樣神器是什麼？」我趁現在問清楚，要是不知道答案，我晚上肯定睡不著。

「第一個是能把投影片裝在裡面的透明直尺，必須從某個角度才能看到投影片上的答案；第二個是經過改造的修正帶，平常使用時出來的是一般的修正帶，但只要切換神祕開關，就能看到裡面的小抄；第三個是OK繃，小抄就寫在內側，只要貼在手上就能隨時偷看，危急的時候還能撕下來吞進嘴巴毀屍滅跡，最後才是那支鉛筆。」

「這樣聽下來，除了那支筆之外，其他作弊神器都還蠻合理的呀。」曉澄聽完後做出評價：「而且都是我沒想過的方法呢，原來還有OK繃這一招……」

「喂，妳可千萬不要作弊喔。」我馬上警告她。

美潔笑了一下，又說：「那支鉛筆是最特別的，我們只知道之前有一位社長靠它作弊考了高分，卻沒有人知道它的機關，直到偉哲學長發現之後，我們才知道原來那是筆仙。」

「請問一下，那支鉛筆一直都放在你們社室裡嗎？」我問。

「是的，我們社室裡有個櫃子，是專門陳列名人堂學長姐的名牌跟作弊神器的。」

「那支鉛筆放在櫃子裡多久了？」

「嗯……」美潔歪頭想了一下，說：「應該很久了吧，至少我加入作弊社兩年以來，都沒看到有人把它拿出來。」

……這麼說來，附在那支筆上的「筆仙」這幾年來一直很安分地待在櫃子裡，直到梓萱去找偉哲，雙方決定要廢除作弊社之後，它才開始蠱惑偉哲，讓他使用鉛筆去作弊嗎？但這是為了什麼？單純是不想讓作弊社被廢除嗎？而且不久後梓萱就失蹤了，兩者之間有關係嗎？

「我有個建議，」靖儀舉起手來，像是在課堂上發問似地說：「如果問題出在那支筆上，那我們乾脆把筆丟掉，甚至直接折斷，不就好了嗎？」

偉哲母親臉色一變，連忙搖頭：「不行，醫生說絕對不能這麼做，偉哲現在對那支筆有很深的依賴，如果我們這麼做，可能會造成反效果。」

「醫生說得對，在不知道筆仙的真面目前，我們最好不要輕舉妄動。」我看向美潔，問：「留下那支鉛筆的前社長，他的資料也在作弊社名人堂裡面吧？我想親自去找他問清楚。」

「有的，資料都在社辦裡，我要稍微找一下」美潔說。

「拜託你們了，如果有辦法的話，請你們一定要幫偉哲……」偉哲母親忽然站了起來，她彎下腰，把最後的希望寄託在偵探社身上。

曉澄跟靖儀都嚇到了，兩人不知如何是好，我只能請偉哲母親快點坐下，並答應她說一定會盡力查出真相。

偉哲母親的委託同時壓在我們三人身上，看來偵探社這次的責任真的非同小可了。

＊＊＊＊＊

傍晚時刻，我到便利商店準備打卡上班，曉澄跟靖儀也理所當然地跟著來了。

不知不覺中，這間店似乎已經變成偵探社的祕密基地了，不過她們這次沒有要我請客，而是一人買了一杯飲料後就到用餐區坐了。

我等店裡沒客人後才去加入她們，曉澄一看到我就開門見山地說：「昊祺哥，這下沒錯了吧？張偉哲一定跟會長的失蹤有關！他一定是先假裝答應會長，表面上說要廢社，其實根本不想，然後就對會長下手了！搞不好會長已經被他給……」

靖儀也在旁邊補充自己的看法：「我也覺得偉哲很可疑，老師你也聽到偉哲在房間裡說的那些話，他明顯對會長抱有敵意。」

「妳們兩個說的都有道理，不過我覺得……為了一個社團就要綁架甚至殺害學生會長，實在有些誇張。」我抓了抓頭，重新聚焦目標：「目前的主要任務，還是先查清楚張瑋哲身上發生了什麼事，等他恢復正常後再問他吧。」

這時我的手機突然收到了訊息，是美潔傳來的。

「美潔的動作很快，她已經把資料傳來了。」

我把訊息內容唸了出來：「留下那支鉛筆的前社長名叫羅家佑，是六年前畢業的，資料裡還有他的手機號碼跟地址。」

「太好了！」曉澄像是迫不及待馬上就要出發般，說：「那我們明天就去找他吧！」

「妳們不是要上課嗎？」我收起手機，說：「我明天沒有排班，我去就好了，妳們專心上課，而且段考不是要到了嗎？」

「嗯，下禮拜就是了。」

靖儀露出自信的微笑，曉澄則是擺出一張臭臉，誰有讀書誰沒讀書，一目了然。

那天散場前，我還特地提醒曉澄，叫她千萬不要作弊。

＊＊＊＊＊＊

隔天早上，出發前我先撥出了羅家佑的手機號碼，並在心裡希望號碼能夠撥通。話筒傳來的答覆讓我的希望破裂，這支手機號碼已經變成空號了。

我有了不好的預感，要不是他換了號碼，不然就是他也發生了什麼事……事到如今，只能照地址去跑一趟了，我同時在心裡做好最糟的打算，如果他們已經搬家，那只能跟左鄰右舍打聽看看了。

我騎上機車出發，還好地址就在市內，並不會很遠。

家佑的地址位於一條巷子裡，巷子兩邊都是風格樸素的民宅，環境也很安靜。

我先把機車停在門口，然後觀察了一下門口的情況，透過窗戶可以看到電視螢幕發出的閃光，看來是有人在家的。

我深呼吸一下，上前按了門鈴。

「來了喔。」

屋內傳來男性的招呼聲，接著一名中年男子來開了門。

「你找誰？」

男子臉上帶著和藹的笑容，配上微胖的身材，讓他看上去就像許多社區常見的親切保全大叔。

「不好意思，請問羅家佑在嗎？」我直接說出來意。

一聽到這個名字，男子的表情瞬間就變了，他的笑容先是變得僵硬，隨後慢慢皺起眉頭，像是在懷疑我的來意。

我試探性地說：「請問是家佑的父親嗎？」

「對，我是他爸爸。」男子盯著我，笑容此刻已經從他臉上消失了：「你是誰？家佑的同學嗎？」

我擔心被當成詐騙集團，於是趕緊說出事先準備好的說詞：「我是昕陽高中的社團老師，家佑以前在學校擔任過社長，剛好校慶快到了，我們有個活動想邀請家佑回學校參加，不知道他方便嗎？」

男子像是突然想起來似的，喃喃說道：「喔……對喔，家佑以前當過社長……好像是一個莫名其妙的社團……」

我決定不提作弊社的事，繼續問：「請問家佑在家嗎?還是叔叔方便給我家佑現在的聯絡方式嗎？」

「可是，家佑……」

「請問家佑怎麼了嗎？」我追問。

男子深呼吸一口氣，聲音變得低沉：「高中那邊還不知道嗎?家佑他……」

接下來，男子說出的事情猶如一記重拳擊在我胸口，讓我整個人僵在原地，久久動彈不得。

跟家佑父親道謝後，我回到機車上，好不容易才從震驚中喘過氣來。

看了一下時間，學校還在上課，但我沒有多想，直接傳了一條訊息給曉澄，只希望她有記得把手機關靜音。

訊息中，我寫道：「幫我找靖儀跟美潔，放學後一起去偉哲家，我知道那支筆仙想做什麼了。」

＊＊＊＊＊＊

放學時間，我跟曉澄她們來到偉哲的家會合，偉哲母親一看到我們，立刻焦急問道：「怎麼樣？你們找到讓偉哲恢復正常的方法了嗎？」

「阿姨，我們能見一下偉哲嗎？我有事情想問他。」我問。

「有……他在樓上房間。」偉哲母親不安地問：「你們要問他什麼？」

我微微一笑，盡量讓氣氛不要那麼緊張：「阿姨，妳不要擔心，可以先帶我們上去嗎？」

偉哲母親愣了一下，看得出來她還是很不安，但她還是點頭帶我們上去了。

偉哲母親推開房門時，房間裡的霉味比上次更重了一些，偉哲依舊盤腿坐在床上，他手上握著那支鉛筆，面無表情地盯著我們。

進到房裡後，我先跟偉哲母親交待：「阿姨，這次可以請妳待在門口就好嗎？不管等一下妳聽到我說什麼，都不要有太大的反應，也不要太激動，好嗎？」

「為什麼……你到底要做什麼？」

偉哲母親的情緒還是有些激動，我朝其他人使了個眼神，讓她們在門口一起陪偉哲母親，偉哲母親這才同意了。

緊接著，我走到床前，沒有多廢話，直接開口：「你是誰？」

跟上次一樣，偉哲慢慢舉起雙手，把鉛筆架在頭上，雙手微微發抖，進入筆仙的儀式中。

「可以告訴他我的名字嗎？」偉哲抬起頭，對著筆仙請示。

幾秒後，偉哲低下頭來，回答：「我叫……張偉哲。」

「我不是在問你。」

我舉起手指向那支鉛筆，加重語氣，一字一句尖銳地問：「我是在問你，對，就是你。」

此刻，房間裡的空氣像被凍結般完全靜止了，我可以感覺到門口的三人都憋住了呼吸，連我自己都快喘不過氣來。

即使如此，我還是繼續說道：「我找到你上一任的主人，羅家佑了，不，不是主人……」

我雙眼牢牢盯著那支鉛筆，說：「應該說是被害者才對，畢竟你殺了他，不是嗎？」

不知不覺中，偉哲的表情變得呆滯，他整個人放空，雙眼失去焦點，眼皮眨都沒眨一下，像是完全聽不到我說的話。

沒關係，我知道「他」有在聽。

我深呼吸一口氣，把在家佑父親那裡聽到的事情說了出來。

「羅家佑，他六年前曾經是作弊社的社長，還是作弊名人堂的成員，畢業後還考上了知名的國立大學，但我想他都是靠你在作弊的吧？」

「考上大學後，家佑認為他不再需要你，便把你留在作弊社，但他低估了自己對你的依賴程度……以為不再需要你，可以靠自己過好人生，沒想到他上大學後成績一落千丈，第一個學期就因為三二被退學，最後連基本生活都出現問題。他無法再靠自己的想法過生活，凡事只能由你來決定，他像中邪一樣尋找不同的筆仙，但都沒有跟你同樣的效果，最後他徹底發瘋……結束了自己的生命。」

我身後傳來驚呼，是偉哲的母親，另外三名女生也忍不住倒吸一口氣，因為她們也是第一次聽到這件事。

「你蠱惑那些想作弊的學生，讓他們依賴你、再也離不開你，只要一旦失去你，他們就會失去方向、失去一切，包括生命……一開始是家佑，現在又輪到偉哲，這就是你要的嗎？」

偉哲的表情變了，他的嘴角詭異上揚，露出一個僵硬的笑容，彷彿這不是他自己的笑容，而是被人強迫用手擠壓出來的。

我知道這是對方的挑戰書，他在告訴我，他對偉哲的掌控程度已經能做到這種地步了，我無力阻止。

「那就試試看吧。」我接下挑戰，堅定說道：「我會阻止你的。」

******

一樓客廳裡，從偉哲房間出來後，沉重的氣氛讓大家都不想開口說話，偉哲母親連泡紅茶的心情都沒有了，只是疲憊地坐在沙發上，放空雙眼看著天花板。

偉哲母親旁邊的美潔首先打破沉默，她握住偉哲母親的手，柔聲安慰道：「阿姨，妳打起精神來，偵探社的老師一定有辦法的。」

「沒錯，昊祺哥，你一定早就想到方法了吧？」曉澄轉頭看我，她的眼神已經在期待我的表演了：「你這次也能跟之前一樣，突然看透真相，然後提出解決的方法，對不對？」

「嗯……」

我發出沉思的聲音，腦袋同時運轉著，現在的問題是，偉哲把那支筆仙當成造物主般的存在，筆仙說的一切都是對的，就算筆仙現在叫他去死，偉哲也會乖乖遵命，要怎麼做才能打破這個規則呢……

我這一沉思讓客廳的氣氛又陷入了沉默，或許是不想讓氣氛再低迷下去，靖儀趕緊開口：「老師，有個問題我想不通，家佑學長不是六年前就畢業了嗎？也就是那支鉛筆這六年來都乖乖待在櫃子裡，為什麼現在要對偉哲下手？」

「關於這點，其實我更早就想到了，是因為學生會長的關係。」我說出腦中已經整理好的想法：「你們還記得嗎？梓萱提議說要廢除作弊社，如果作弊社真的消失，那支筆的地位就不保了。」

其他人的注意力都集中在我身上，等我繼續說下去。

「我不知道確切的時間，但從那支鉛筆的年代來看，在家佑之前肯定還有其他受害者。」

我在空中劃出一條長長的時間線，解釋說：「一定是在更久更久之前，有學生用這支鉛筆請了筆仙，並請他幫忙作弊，沒想到那個筆仙不是普通的鬼，而是善於操弄人心的惡鬼，透過儀式附到筆上後，他在學校裡蠱惑那些想作弊的學生，讓他們越來越依賴自己，最後再毀掉他們的人生，我敢說作弊社的成立跟他也脫不了關係。」

靖儀皺起眉頭，問：「但是他為什麼要這樣做？」

「你們想想，每次考試他都能幫學生考到高分，這可不是一般的鬼能辦到的，代表他真的很聰明……以人類來說，這種聰明的性格往往帶著自大跟虛榮，他甚至認為自己能真的成為學生的『神』，只要願意崇拜他、相信他，他就會讓學生考試一帆風順，而他的目的，就是讓自己獲得相對的地位。」

「地位……原來如此！」曉澄恍然大悟，說：「如果作弊社的成立也跟他有關的話，那麼成為作弊神器被供奉，這就是他要的地位。」

我點點頭，說：「沒錯，他好不容易在作弊社有了自己的位置，怎麼可能輕易放手？如果作弊社消失，他就什麼都不是，必須重頭來過了。」

「原來如此……難怪他會說梓萱會長是壞人……老師，那你有辦法阻止他嗎？」美潔問出最關鍵的問題，只是我現在還無法回答。

「嗯……」我又發出沉思聲，客廳再度被寂寞壟罩。

也不知道過了多久，這次換偉哲母親輕聲開口：「你們願意為偉哲做這麼多……我真的很感謝，但你們也該回去休息了吧？下個禮拜就要段考了，不是嗎？」

「啊，沒關係啦，」曉澄雙手一攤，自暴自棄地說：「像我這種程度，現在臨時抱佛腳也沒用了。」

我正想教訓曉澄，這時突然一道靈光從我腦中閃過，一個想法隨即浮現出來。

「對喔，下禮拜的段考……」

我轉向偉哲母親，問：「阿姨，雖然這段時間偉哲都請假沒去學校，但下禮拜能不能讓他回學校參加段考？」

偉哲母親思考了一下，緊皺著眉頭回答：「是可以……但就算去考，他也只會問筆仙來作弊，出來的成績根本沒有意義。」

「不，那才是最重要的，我們要讓偉哲知道，就算他用筆仙作弊，寫出來的答案也不一定是對的。」

我深吸一口氣，準備說出作戰計劃。

「首先我們要做的，就是讓偉哲不再相信那根鉛筆……」

******

這個週末對許多學生來說是個開心的日子，因為長達五天的段考終於結束，總算能在假日盡情玩耍了。

不過考試總是幾家歡樂幾家愁，昕陽高中在這幾年推出了電子平台，讓學生跟家長在線上就能查詢成績。

開放查詢的時間是禮拜天晚上七點，不管結果如何，只要按下查詢鍵，就是要定生死了。

晚上六點半，曉澄跟靖儀到便利商店等我下班，準備一起前往偉哲家。

走在路上，我問她們：「妳們都準備好要看成績了嗎？」

靖儀自信地點點頭，曉澄則心虛地說：「嗯……應該都有及格啦。」

「妳喔……」我輕輕嘆口氣，說：「算了，現在更重要的是偉哲那邊，希望我們的計劃能順利。」

來到偉哲家後，來開門的是比我們早到的美潔，她朝二樓撇了一下頭，說：「阿姨已經在樓上了。」

我們一行人上到二樓，偉哲母親就站在房間門口，她雙力用力抓在自己的大腿上，臉色蒼白，整個人緊繃到像是隨時會崩潰。

門沒有關，可以看到偉哲坐在電腦前，他的注意力全都放在即將揭曉的成績上，完全沒注意到我們來了。

偉哲雙眼死死盯著螢幕，嘴裡喃喃說著：「我相信你、我相信你，我都是照你說的去寫的……一定能滿分，一定都能滿分……」

偉哲用雙手把那支鉛筆緊緊握在胸口前方，看上去就像握著十字架的虔誠信徒。對一般人來說，這不過是在查詢成績，但對偉哲來說，這卻是神蹟的揭示。

還有一分鐘就七點了。

「阿姨，妳那邊還順利嗎？」我壓低聲音問。

「學校那邊有答應我了，但我還是很不放心……」偉哲母親終於鬆開了抓住大腿的雙手，吐出一口氣說：「我們只能看下去了。」

「七點了！」曉澄提醒道。

時間到了。

螢幕前的偉哲深吸一口氣，手指顫抖地輸入學號，按下查詢鍵。

下一秒，所有科目的成績都顯示在螢幕上了。

偉哲的表情瞬間石化，臉上的表情像是被狠狠扇了一巴掌般不敢相信。

螢幕上是一整排的紅色數字，代表全部不及格。

儘管這是我們預知的結果，但第一次看到滿通紅的成績單，我們還是震驚到說不出話來。

短暫的沉默後，偉哲猛然從椅子上跳起來，他舉起手裡的鉛筆，發了瘋似地對著螢幕大吼：「怎麼可能？怎麼可能會都不及格？」

接著，他緊盯著手裡的鉛筆，再也控制不住憤怒的情緒，對著鉛筆怒吼：「我都照你說的寫啊！我那麼相信你！為什麼要騙我！為什麼要騙我！」

吼完後，偉哲把手高高舉起來，做出準備把鉛筆丟出去的動作，可他的動作卻突然停住了，像是被一股無形的力量固定住，整個人一動也不動。

目前為止都還是按照我們的計劃在走，但情況現在似乎不太對勁。

以防萬一，我走進房間，試探道：「偉哲？」

聽到我的聲音後，偉哲緩緩轉過頭來，他臉上的表情已經完全變了一個人，而這張臉我上次見過，現在跟我對視的人並不是偉哲，而是憤怒的筆仙。

「偉哲」陰狠地瞪著我，接著他把鉛筆抵在桌面上，用所剩不多的筆芯在桌面上重重劃動，似乎在桌面上寫著什麼。

我探頭過去看，他只寫了三個字：你、們、作……

本來還有第四個字，但在寫出來之前，剩下的那截筆芯就喀擦一聲斷了，不過我已經看懂了，他是想說我們作弊。

「原來你要寫這個啊，抱歉啊，我們作弊了，彼此彼此嘛。」

面對我的嘲諷，偉哲嘴角上揚，露出一抹陰險詭異的笑容，彷彿他還有備用計劃。

該不會……我心裡剛冒出不好的預感，筆仙下一秒就舉起鉛筆，反轉筆尖，直直朝偉哲的脖子刺過去。

「不行！」我猛地撲上前去，即時把自己的手擋在筆尖跟偉哲脖子之間。

突如其來的劇痛逼得我閉上眼睛，當我睜開眼時，只見筆尖插在我的手掌上，鮮血瞬間從傷口湧出，讓我忍不住大聲慘叫。

「哇啊啊啊啊！」

我很快感受到另一股可怕的疼痛，因為偉哲竟把鉛筆從我手上拔出來，打算展開下一次攻擊。

我趕緊抓住那根鉛筆不敢鬆手，曉澄、靖儀和美潔這時也衝上來，眾人一起抓住偉哲的手，想把鉛筆從他手上奪下來。

不管筆仙有多聰明，終究敵不過我們的力氣，鉛筆從偉哲手中被我們打飛出去的那一刻，偉哲眼神一暗，整個人往後倒去，徹底失去了意識。

「昊祺哥，你的手怎麼樣？」曉澄緊張地看著我。

「妳自己不會看嗎？痛……痛死了……」

手掌的劇痛讓我淚流滿面，但現在比起包紮，還有另一件更重要的事。

我把沾血的鉛筆從地上撿起來，這次終於該換我笑了。

「偉哲已經不信你這個神了……現在折斷你也沒關係了吧。」

說完，我雙手緊握鉛筆兩端，咬緊牙關，猛地用力一折。

喀嚓！

清脆的斷裂聲在房間裡響起，代表這個家的惡夢終於結束了。

＊＊＊＊＊＊

曉澄陪我到醫院包紮傷口，當我們再回到偉哲家時，偉哲母親特地出來門口迎接我。

「偉哲已經醒來了，正在房間裡休息。」

偉哲母親的聲音仍然很疲憊，但聽得出來多了一份解脫，看來她今天終於能好好睡一覺了。

「剛才你趕著去醫院，我都還來不及向你道謝……真的很謝謝你。」

我擺擺手，笑了一下說：「哪裡，阿姨妳才是這次的功臣，要不是妳去說服校方，計劃也不會這麼順利。」

我口中的計劃，就是偉哲看到的成績單。

偉哲在平台上查到的並不是他真正的成績，而是我們請學校先做好的假成績單。

這是偉哲母親特別跟校方要求的，校方知道偉哲是作弊社社長，也知道他精神失常請假的事情。

偉哲母親希望成績開放查詢時，能對偉哲的分數動一下手腳，讓他的成績全都不合格。

正常情況下，學校是不會這麼做的，但偉哲母親是這樣跟學校說的：「這是醫生提出的治療方案，醫生說偉哲的精神失常跟他之前考試作弊有關係……如果讓他知道作弊並不是萬能的，他說不定有機會能痊癒。」

聽到這是醫生提出的治療計劃，學校這才勉強同意了。

反正偉哲考試時根本不知道考卷上寫什麼，他只會盲目聽從筆仙的建議，筆仙要他選A，他就選A。

那如果他照筆仙的建議做了，卻全部都考不及格的話呢？

這就是這個計劃的重點，讓偉哲覺得被筆仙背叛了，只要他看到滿通紅的成績單，就一定能從筆仙的掌控中清醒過來。

他手中的不是神，只是想當神的鬼。

*****

上樓來到偉哲的房間時，偉哲正坐在床上喝紅茶，美潔跟靖儀則在旁邊陪伴。

「你好，我是偵探社的指導老師。」我拉來一張椅子坐下，不太確定地說：「嗯……這應該是我們第一次正式見面吧？你還記得發生什麼事嗎？」

「記得，」偉哲長長吐了口氣，慚愧地低下頭說：「這段時間發生的事情，其實我大部分都記得，那支鉛筆、還有那些考試……現在想起來真的很可怕，我也不知道自己為什麼會這樣。」

接著，他露出一個苦笑，說：「我會遵從跟梓萱會長的約定，廢除作弊社，讓社員都併入水怪社，這樣比較好。」

曉澄忍不住開口：「那你之後還有再看過梓萱會長嗎？」

偉哲想了想，搖頭說：「自從我們決議要廢除作弊社後，我就沒見過她了，連她失蹤的消息也是美潔剛剛才告訴我的。」

「是嗎……」

雖然順利解決作弊社的事件了，但還是沒有梓萱的消息。

我跟曉澄對視一眼，彼此都明白接下來該追查的方向。

「昊祺哥，如果梓萱會長的失蹤真的跟社團有關的話……」曉澄說。

我吸了口氣，說出那個社團名稱。

「嗯，只剩最神祕的鬼抓人社了。」

#5 鬼抓人社

#5 鬼抓人社

鬼抓人，這個遊戲相信大家小時候都玩過，規則就是一個人當鬼，然後去追其他人，只要碰到別人的身體就能轉移鬼的身份，換別人來當鬼。

因為規則簡單，又能讓很多人能一起玩，是許多學生在下課十分鐘時的首選。

不過這遊戲給我的記憶只能用悲慘兩個字來形容，因為我小時候跑的很慢，常常被鬼抓到，只要換我當鬼，基本上就代表遊戲結束了，因為我總是氣喘吁吁地追著大家，卻抓不到半個人，一直到下課時間結束為止，我都無法脫離鬼的身份，後來我就不跟大家一起玩鬼抓人了。

而現在的鬼抓人已經不是小孩子玩的遊戲了，它在引入跑酷動作後已經變成一種專業運動，甚至還有世界盃的賽事。

那麼，昕陽高中的鬼抓人社又是做什麼的呢？

「終於到最後一個了，梓萱會長失蹤前最後一個拜訪的社團，鬼抓人社。」

偵探社社室，曉澄坐在她專屬的社長寶座上，發出一聲沉重的嘆息。

現在是社團活動時間，之前被曉澄找來掛名的社員不知道跑到哪去了，社室裡只有我跟她還有靖儀，剛好能專心討論這件事。

「如果到鬼抓人社後還是沒有梓萱會長的線索，就代表我們這段時間都白費了……」曉澄又嘆了一口氣，她的語氣滿是擔憂，跟平時的她完全不一樣。

「別這麼說嘛，」我試著給她打氣：「失蹤的會長確實很重要，畢竟人命關天，但這段時間我們拜訪那麼多社團，還幫他們解決社團裡的事件，不是也收穫滿滿嗎？」

「但我們做這些事情，最終還是為了失蹤的會長呀，要是找不到她，就有一種沒有圓滿結局的感覺。」曉澄伸出手指在空中比劃著，說：「就像有些動畫都爛尾一樣，我可不希望我們偵探社也這樣，既然接下了委託，就一定要找到會長！」

「不過我覺得老師說得對，」靖儀加入話題，說：「我還在雲朵社的時候，整天就是跟大家一起拍天上的雲，雖然很輕鬆，但就是少了探險的感覺，直到加入偵探社，我才體會到社團該有的刺激感，而且看到老師陸續解決許多難題，真的很厲害耶！」

被靖儀這樣誇獎，我也有點不好意思了：「哈哈，謝謝……不過我相信我們的方向是對的，找到會長的人一定會是偵探社。」

「為什麼昊祺哥你這麼有信心？」

「妳想想，我們現在每到一個社團都會遇到難題，這就像是上帝幫我們安排的關卡，沒意外的話接下來就是大魔王了，魔王後面不就是最後的獎勵了嗎？」

「嗯……對，好像真的是這樣！我們已經打到最後一關了，絕對不能放棄！」

曉澄挺直上半身，又找回了動力，而我自己也忍不住想快點見到這位會長了。

雖然我還沒看過她本人，但在之前拜訪過的社團裡，生命禮儀社、水怪社、作弊社，我一一見證了她留下的足跡。

感覺她並不是一般的高中生，她不只聰明，還很有自己的想法，甚至比我還早看破水怪的真相，像這樣的人，除非是真的遇到生死關頭，不然怎麼會突然失蹤呢？

社室突然有人敲門進來，是好久不見的學生會財務，淳毓。

「你來啦！資料帶來了嗎？」曉澄問。

因為鬼抓人社的資料比較少，因此我們請淳毓幫忙，把學生會那邊跟鬼抓人社相關的資料都帶過來，看能不能讓我們對鬼抓人社多了解一點。

聽說鬼抓人社的社長只有在繳交成立社團的申請書時去過學生會，創社理由只寫了一句「一起體驗鬼抓人的刺激吧」，然後就沒有再出現過了，這段時間他們舉辦過什麼活動、社團活動時間都在幹嘛，全都是謎。

「其實，我有一個壞消息……」身材高大的淳毓縮起肩膀，像是怕被罵的樣子，說：「鬼抓人社已經不存在了。」

我跟靖儀都面露震驚，曉澄更是直接從椅子上跳起來，問：「你說什麼？不存在了是什麼意思？」

「明明是去年才成立的新社團，但他們社長已經申請廢社了，而且……」淳毓吞了一下口水，說：「他們申請廢社的時間點，就是在梓萱會長失蹤不久之後。」

「會長失蹤後，鬼抓人社就去申請廢社了？這肯定有鬼吧！」曉澄幾乎是用喊的了：「這麼重要的事情，你怎麼現在才說？」

「我只負責處理經費，社團的成立跟廢除不是我的業務啊……」

淳毓看上去快要哭出來了，我於是站出來說：「至少我們可以確定，鬼抓人社一定跟會長的失蹤有關，不然他們不會這麼急著廢社。」

「而且還這麼突然，他們一定是出事後想要斷尾求生、毀屍滅跡、不留線索給我們。」曉澄咬著牙齒不甘心地說，不過她的形容實在太誇張了。

「淳毓，鬼抓人社雖然廢社了，但學生會那邊一定有留資料吧？」我問，就算再怎麼刻意隱瞞，一定會留下一點證據。

淳毓點點頭，從包包裡拿出一張文件說：「只剩下這個，他們成立社團時的申請書，上面有社長的資料，還有他的大頭照……」

「就是這個！」曉澄一把搶過申請書，盯著上面的大頭照，說：「就是這個人是吧？我們直接去找他問清楚就行了。」

靖儀有些擔心地說：「但現在是社團活動時間，我們不知道他在哪裡，而且社團活動結束後，大家就直接放學了……」

「那就去校門口堵他，我們有四個人！一起埋伏在校門口，我就不信找不到他！」

曉澄打算現在就採取行動，她把申請書傳給我跟靖儀，要我們用手機把大頭照拍下來，放學時就直接用照片來認人。

我看了一下照片，那是一名臉頰削瘦、下巴尖細，看上去有點陰森的男學生，就算不用照片，我也一眼就記得他了。

******

放學時間，第一批學生走出校門口的時候，我們四個人已經埋伏在校門外，目光緊盯每個走出校門的學生。

「喂，是不是他？」

眼神最尖的曉澄很快就有了發現，我們順著她的眼神看過去，果然有一個身材瘦如竹竿的男生正低頭走出校門，像是不想被人看到他的臉似的，但我們還是從那有特色的臉形中認出來了，他就是鬼抓人社的社長。

「走，大家上！」曉澄一聲令下，按照不久前的演練，我跟她先追上去，靖儀和淳毓則從反方向繞到前面，形成包圍圈。

來到對方身後，曉澄直接開口叫住他：「喂！」

男學生轉過頭來，一臉狐疑地盯著曉澄。

「你就是鬼抓人社的社長，陳少庭嗎？」

聽到曉澄喊出他的名字，男學生臉上閃過一絲驚慌，還沒等他開口，曉澄又接了一句：「我是偵探社的社長，有些事情要問你！」

曉澄最後一個字還沒說完，少庭已經邁開腳步準備轉身逃跑，但靖儀和淳毓已經繞到前面堵住他了。

看到淳毓擋在前面，少庭臉色一變，不自覺往後退了一步：「你……你是學生會的……」

淳毓沒說話，只是板著一張臉站在原地，他的個性雖然溫和，但魁梧的體型還是很嚇人的。

「不要再跑了！」曉澄從後面一把抓住少庭的書包，大聲質問道：「就是你做的吧？」

我本來以為少庭會繼續反抗，或是冷冷地反問我們，找各種理由來為自己脫身，沒想到曉澄這一句來勢洶洶的逼問，竟直接讓他舉手投降了。

「哇！我們真的沒想到事情會變成那樣！對不起！」少庭低下頭來雙手合十，只差沒有雙膝跪地了。

突如其來的認罪讓我們全都一陣錯愕，完全摸不著頭緒。

「等一下，你說清楚，你做了什麼事情？」我問。

少庭抬起頭來，他的眼神充滿恐懼跟慌亂，彷彿他正在被不良少年圍毆。

「你們不是因為會長失蹤的事情才來找我的嗎？我有聽說你們偵探社的事情，我會全部都說出來的，請不要殺我！」

聽到這話，我們全都呆住了，一來是沒想到他會這麼快就承認，二來是他說的話，不要殺他是什麼意思？

*****

我們把少庭帶回偵探社社室，四個人一起圍著他，整個空間瀰漫著肅殺的氣氛，少庭更是被這股氣氛壓得抬不起頭來。

「我最近在學校聽說不少偵探社的事情，聽說你們不但在尋找失蹤的會長，還從外面找來一位專業的偵探，有人說那個偵探是特種部隊退伍的，還曾經殺過人……就是你吧？」少庭膽怯地抬起頭來看我。

偵探社什麼時候有這樣的傳言了？不過也多虧這傳言，才讓少庭在第一時間選擇投降，我乾脆將計就計，說：「對，你不想死的話就給我說實話。」

我注意到曉澄跟靖儀都在努力壓抑嘴角，不讓自己笑出來。

「我說、我說，會長的事情，我們真的不是故意的，我們也不知道會變成這樣……」

「說重點，會長她人呢？她還活著嗎？」

「我不知道會長在哪裡，也不知道她是不是還活著……」

「什麼啦，有回答跟沒回答一樣！」曉澄生氣地拍了一下桌子：「那你到底知道什麼？」

「哇，會長她……她……」少庭嚇得全身一震，膽顫心驚地說：「會長她……她被鬼抓走了……」

「蛤？」我們幾乎同時發出了這個聲音。

「你知道自己在說什麼嗎？」我刻意裝出凶狠的聲音，冷冷地問：「給我說實話，被鬼抓走是什麼意思？」

「我說實話了啊！會長她來參加我們的活動，然後被鬼抓走了！」少庭激動地說著，看起來不像在說謊。

我跟其他人面面相覷，都聽不懂這句話的意思。

我整理了一下情緒，問：「好，我從頭開始，你們鬼抓人社到底都在做些什麼？你慢慢解釋，我保證不會傷害你。」

「這……就跟名字一樣，我們專門玩鬼抓人的遊戲。」少庭想了一下，補充道：「但不是一般的鬼抓人，我的創社宗旨是『一起體驗鬼抓人的刺激』，我們玩的，是想辦法讓真的鬼出來抓人的遊戲。」

「讓真的鬼出來？」我皺起眉頭，說：「像四角遊戲那樣嗎？」

所謂的四角遊戲，就是深夜時在沒有開燈的房間裡，讓四個人分別站在房間的角落，然後讓第一個人沿著牆壁前進去拍第二個人的肩膀，第二個人再前進去拍第三個人的肩膀，就這樣一直進行，拍到最後就會出現第五個人的遊戲，是很有名的都市傳說。

少庭點點頭，說：「不只四角遊戲，還有把米用紅線縫進娃娃裡的一個人捉迷藏，或是半夜十二點削蘋果等等我們都玩過。總之我們會收集網路上的各種怪談跟傳說，看會不會真的有鬼出來抓人。」

原來如此，說穿了，他們就是在驗證各種都市傳說的真假，難怪他們沒有舉辦正式活動的紀錄，因為這些活動就算申請了也絕對不會有經費的。

「你們是吃飽太閒嗎？」曉澄忍不住翻了白眼。

「就只是好玩而已……我的社員都很喜歡都市傳說，大家本來都玩得很開心。」少庭無力地幫自己辯解。

「結果……我們沒想到真的會出事……」

我嚴肅問道：「所以梓萱她是加入了你們的遊戲，結果出了意外而導致失蹤，是嗎？」

少庭點點頭，開始說出事情的經過。

「會長來找我的時候，我們正好要玩一個新的遊戲，我就邀請她一起加入，想說搞不好能讓她也變成粉絲……」

******

那是一個我最近在網路上看到的學校傳說，聽說可以召喚出學校裡的鬼。

地點必須選在學校寬廣的室內空間，人數不拘，參加的每個人都要像觀落陰一樣，用紅布條把眼睛綁起來，然後散開到角落，對著中間說「鬼可以抓人了」，聽說這樣鬼就會出現。

跟其他都市傳說一樣，這個遊戲也有幾條規則。

第一，遊戲時間為十分鐘。

第二，遊戲開始後，絕對不能拿下眼睛上的布條，拿下布條視同被鬼抓到。

第三，十分鐘內，如果有人被鬼抓到，那就是鬼贏了。

第四，十分鐘後，遊戲結束，如果沒人被鬼抓到，那就是你們贏了。

第五，切記，一定要遵守十分鐘的規則。

以上就是這個遊戲的規則，但是鬼在遊戲開始後會以什麼方式出現？被鬼抓到的人會怎麼樣？網路上沒有更多的資訊，因為許多人在自己學校嘗試這個遊戲後，都沒有發生特殊的事情，因此無法證實。

這時梓萱會長剛好來找我，說是想體驗看看我們的活動，我們便決定讓她一起加入，約好放學後在學校體育館玩。

當時的體育館裡沒有其他人，大家站好位置，用布條遮住眼睛後，大家一起喊「鬼可以抓人了」之後，整個體育館都安靜下來，沒有半點聲音了。

因為大家的眼睛都被布條蓋著，什麼都看不到，每個人都不敢亂動，只能站在原地等十分鐘到。

後來大家開始隔空聊天，問鬼什麼時候會出現？或是能不能現在就把布條拿下來之類的。

突然間，會長叫我們不要說話，仔細聽。

我們全都安靜下來，然後我們聽到了，體育館裡有某種腳步聲，輕輕的、慢慢的……

我以為是社員的聲音，便問說是誰發出來的？

結果沒人回答，腳步聲還是繼續在移動。

遊戲開始前，我們已經把體育館的門關起來了，剛才也沒聽到有人開門的聲音，因此不可能是有人進來。

我又問了一次，這次大家一一報了自己的位置，結果每個人都待在原處，根本沒有人移動。

既然這樣，那腳步聲到底是誰發出來的？

這一刻我開始害怕了，該不會鬼真的出來了吧？我忍不住想把布條拿掉，但一想到那些規則，我只好忍住，喊了一句：「你是誰？快點出聲！」

那人還是沒有回應，而且腳步聲聽起來正在慢慢靠近一個女社員，那女社員也察覺到了，開始害怕地說：「他朝我走過來了……不行了……我要把布條拿掉……」

我馬上想到第二條規定「遊戲開始後，絕對不能拿下眼睛上的布條，拿下布條視同被鬼抓到」，於是我立刻大喊：「不行！不能拿掉！會被抓走的！」

這時，我聽到旁邊一個聲音說：「讓我來！」

那是梓萱會長，遊戲開始的時候她就在我旁邊。

「會長，妳要做什麼？」我問她，會長卻沒有回答。

同時，體育館裡的腳步聲也消失了。

突然間，體育館又恢復了一片寂靜，直到設定好的十分鐘碼表響起前，我們沒有人敢說話、也沒有人敢再亂動。

十分鐘過後，我第一個拿下布條，看到社員們全都因為太害怕而癱坐在地上，甚至有人雙手合十在祈禱。

體育館的門還是關著的，沒有人進出過。

但梓萱會長卻消失，被鬼抓走了。

＊＊＊＊＊＊

「會長就是這樣失蹤的，她真的被鬼抓走了……當時那名女社員就快被抓到了，會長是為了保護她，才主動把布條拿下來的。」

少庭說出了當天發生的事情，而接下來的一段時間中，社室裡沒有人先接話，因為大家都在努力消化剛才聽到的事情。

許久後，曉澄才說：「呃……會長會不會是自己偷偷跑掉了？」

少庭連忙搖頭，堅定地說：「不可能，體育館的門都是關著的，如果會長有走出去，我一定會聽到開門的聲音。」

「會長不見後，你們為什麼不直接報警？」靖儀問。

「要跟警察說什麼？有人被鬼抓走了？你們覺得警察會相信嗎？」

少庭露出一個無力的苦笑，說：「但我承認，我不應該隱瞞這件事的，只是會長失蹤後，社員們都怕得要死，有人甚至嚇到生病，一直請假躲在家裡，我也因為太害怕而去申請廢社。」

他深吸一口氣，低下頭說：「我知道隱瞞是錯的，但我怕別人把會長的失蹤懷疑到我們身上，甚至以為我們殺了她……」

「但你沒有殺她，不是嗎？既然這樣，就打起精神來，一起想辦法把她救回來啊。」

聽到我的話後，少庭才抬起頭來，眼睛裡多了一絲些微的光芒。

我深吸一口氣，看著其他人，說：「如果他說的都是真的，那我們只有一個辦法能找到會長。」

「什麼辦法？」曉澄問，眼神緊緊盯著我。

「很簡單，我們去體育館，再進行一次那場鬼抓人的遊戲。」

「啊？」「昊祺哥，你是說真的？」大家都吃了一驚。

我進一步解釋：「如果會長真的被鬼抓走，那依照鬼抓人的邏輯，就換她當鬼了不是嗎？」

「我懂了！」靖儀一點就通，她說：「也就是說，下一場遊戲，就換她來抓我們了？」

「沒錯，就是這樣。」

只要再進行同樣的遊戲，梓萱可能就會出現，雖然沒有百分百的把握，但只要有那一絲的機會，我們就該賭一把。

*****

體育館裡，雖然已經過了開放時間，但學生會的淳毓還是幫我們借到了體育館。

昕陽高中的體育館是那種常見的複合式類型，平常能讓學生打籃球，但也能打羽球跟排球，各種體育器材都有。

我、曉澄、靖儀、淳毓和少庭，五個人在場地中間圍成一個圈，從少庭手中接過紅布條。

少庭的臉色慘白，看得出來他不想再參加這場遊戲，可我們還是把他推上來了，畢竟身為鬼抓人社的社長，他沒有理由置身事外。

每個人都拿到紅布條後，我們開始散開來，站到體育館四周，準備啟動遊戲開始的儀式。

「大家都準備好了嗎？」

我跟大家做最後的確認，每個人都點頭之後，我比出一個大拇指，接著開始把紅布條纏繞在眼睛上。

視線被布條遮蔽後，我們一起對著中間喊：「鬼可以抓人了！」

喊完之後，體育館內陷入死寂，沒有人說話，大家都在等待接下來發生的事。

過了一分鐘左右，那聲音出現了。

沙……沙……沙……

那是一種拖著腳緩緩行走的腳步聲，一般的環境下，我可能根本不會注意這種腳步聲，但在寂靜的體育館裡，這腳步聲卻響亮得令人頭皮發麻。

是鬼出現了嗎？我的心跳開始加速，如果我猜的沒錯，現在當鬼的應該就是梓萱……

「梓萱會長，是妳嗎？」

「梓萱會長，現在是妳在當鬼嗎？」

我大聲問了好幾次，但都沒有得到回應。

而此時那腳步聲就像鎖定目標一樣，開始加速朝某個方向前進。

我在心裡複習每個人位置，在那個方向的是靖儀。

靖儀也聽出來了，她用顫抖的聲音朝我求助：「老師，他朝我走過來了！」

「昊祺哥，現在怎麼辦？」曉澄也開始慌了。

我全身開始冒出冷汗，而那腳步聲離靖儀越來越近，若不再採取行動，靖儀就要被抓到了。

在這一瞬間，我知道梓萱為何會做出那個決定了。

要阻止其他人被鬼抓到，就只有這個方法。

「讓我被抓！」我迅速做出決定，說：「我要把布條拿掉了！」

「昊祺哥，可是這樣的話，你就會……」

「來不及了！」

我沒有再回話，而是深吸一口氣，把紅布條從眼睛扯了下來。

*****

我睜開眼睛，發現自己仍在體育館裡。

但是不一樣，這裡和我剛才所在的體育館完全不一樣。

曉澄、靖儀他們全都不見了。

整個場地像被重新拼裝過，燈光、擺設甚至空氣都變得陌生又詭異，原本窗外還能隱約看到外面的亮光，可現在窗外卻只剩一片漆黑，像是整間體育館都被黑暗所壟罩。

更詭異的是體育館的室內空間，彷彿被一條無形的界線分割開來，其中大部分區域是正常的明亮空間，但在另外一側，卻有差不多四分之一的區域完全陷入黑暗。

那個區域並不是沒有開燈，而是它本身就是一片巨大的黑暗，就像一個深不見底的黑洞，而我站的位置就在這片黑暗前方，彷彿我是被這片黑暗傳送過來的。

「喂。」

突然，我聽到了有人的聲音。

「喂，這邊！」

我轉過頭，看到明亮的那一側中，有個身影正躲在一個跳箱後面，不停對我招手。

「快點過來！快點！」

那人朝我催促著，我半信半疑地跑過去，當我看到對方的臉時，我腦中瞬間出現許多形容詞，但都無法表達我此刻的驚訝，因為那竟然就是失蹤的學生會長，林梓萱。

我張開嘴正要說話，她卻馬上比了個「噓」的手勢，低聲說：「不要出聲，他要出來了。」

「他？」

梓萱伸手指向我剛才站的黑暗地帶，我順著她的視線看過去，果然，有個身影正在黑暗中蠢蠢欲動。

緊接著，一個人影從黑暗中走了出來，那是名穿著制服的男學生，他眼睛上綁著一條黑布條，往前伸出雙手像是在摸索什麼似的，開始在體育館內到處走動。

男學生的腳步聲對我來說並不陌生，那拖著腳步的沙沙聲我不久前才聽過，他就是這場遊戲中真正的「鬼」嗎？

「再等一下，」梓萱用手勢示意我壓低身體，說：「大概十分鐘後他就會回去了。」

果然，隨著時間過去，那男學生像是似乎放棄般，拖著遲緩的步伐一步步退回黑暗裡，完全消失。

「好了，可以出來了！」梓萱從跳箱後面走出來，活動了一下筋骨，然後看著我問：「你是誰？怎麼會跑來這裡？」

「我是……」我之前只在生命禮儀社的影片裡看過梓萱，現在看到她本人後，發現她不只跟影片中一樣漂亮，還多了一股特殊的領導氣質，在現實世界裡失蹤了那麼久，她卻一點也不驚慌。

我整理一下情緒，回答：「我是為了找妳才來到這裡的。」

「找我？」梓萱皺起眉頭一臉訝異。

「我是偵探社的指導老師，妳失蹤後，我們就一直在找妳。」

我把這段時間發生的事情都說了出來，包含剛才我們又玩了一次鬼抓人，然後我跟她一樣故意被抓來這裡的經過。

梓萱若有所思地聽著，最後她吸了一口氣說：「原來現實中已經過一個多月了？連段考都結束了？可是我在這裡感覺只過了一個多小時而已。」

「看來這裡是另一個空間，時間的流動跟現實不一樣，不然就無法解釋那塊區域的存在了。」我看向體育館另一側的黑暗，接著又問梓萱：「妳在這裡比較久，有什麼發現嗎？」

「我目前掌握的也沒有很多，」梓萱聳了一下肩膀，說：「這裡的每個出入口都是封死的，出不去，手機也沒訊號，唯一的線索就是剛剛那個男生吧，我有摸熟他的規律，他大概每隔十分鐘就會從黑暗裡走出來，然後像鬼抓人一樣在找人。」

「妳認得他嗎？」

「不認得，但他身上穿的是我們學校的舊制服，看來是很久以前的學生，我不知道又被他抓到的話會發生什麼事，所以只能一直躲在這裡。」

我佩服地看著梓萱，她果然跟其他學生不一樣，就算身處險境，她卻一點也不驚慌，而是能冷靜地分析各種情況，雖然我跟她才剛認識，但我已經能完全相信她了。

梓萱接著問我：「這位老師，那你為了找我而特地被抓來這裡，接下來有什麼打算嗎？」

「老實說，我也不知道該怎麼辦，但是我能確定一件事了。」

「什麼？」梓萱專注地繼續聽我說。

「我從一開始就很好奇，這個遊戲是少庭從網路上收集來的，為什麼其他人玩都沒事，我們在體育館玩之後，卻會被抓到這裡來？」我停頓了一下，說：「我想，這個傳說的源頭可能就在昕陽高中，就在這個體育館裡。」

梓萱皺了一下眉，還沒來得及說什麼，就抬手示意我安靜，輕聲提醒：「等等再說，十分鐘到了。」

果然，黑暗中又響起那熟悉的腳步聲，那名男學生的身影再一次從黑暗中浮現。

只不過，這一次出現的不只那名男學生，還有另一個人。

「那誰啊？」梓萱瞇起眼睛問。

而我整個人都傻眼了，因為從黑暗中一起出現的，竟然是曉澄。

「那個笨蛋，她怎麼也被抓過來了！」

只見曉澄閉著眼睛站在原地，而她張開眼睛後，卻還是一臉茫然地一動不動，顯然她還沒搞清楚狀況。

而那名男學生已經察覺到她的存在，正轉身朝她一步步靠近。

「可惡！」我一咬牙，直接從跳箱後衝了出去。

曉澄像是還沒意識到發生什麼事，呆呆站著不動，我來不及多想，只能加快腳步，就在男學生的手快要抓到曉澄的時候，我趕上前一把拉住曉澄，將她整個人拖到旁邊。

這一刻，我近距離看到了男學生的臉。

布條遮住了他的眼睛，但我能看到他臉上的淚痕，以及布條之下的眼淚。

他的臉是悲傷的，而我在他臉上還看到了某種熟悉的情緒。

就在我遲疑的這一霎那，他揮出來的手碰到了我。

儘管只是一點點的接觸，我的腦海卻像被一把鑰匙撬開般，許多記憶畫面湧了進來。

「你們在幹嘛？快點回來！」

我不確定自己遲疑了多久，可能一、兩秒的時間，直到梓萱的叫聲讓我清醒過來，我才趕緊拉著曉澄躲回跳箱後面。

「妳這笨蛋！妳在想什麼啊！」回到安全處後，我第一件事就是對她訓話。

「我……」曉澄恢復冷靜後，竟然直接跟我頂嘴：「我怎麼可能讓昊祺哥你一個人被抓走！我是社長欸！一定要來救你啊！」

曉澄眼神一轉，看到梓萱就在旁邊後，馬上面露驚喜：「會長！我們終於找到妳了！」

「噓，先等一下。」梓萱沒有放鬆警戒，仍盯著那男學生：「他的樣子不太對勁。」

我探頭去看，只見那男學生不再找人，而是佇立在原地，整個人靜止了動作，像是在等待什麼。

梓萱觀察片刻，確定沒有更進一步的威脅後，她先看向曉澄，然後對著我問：「這位又是誰？」

「我是偵探社的社長，我們找妳好久了說！」曉澄搶先開口。

「喔，妳就是那個社長……」梓萱若有所思地打量著曉澄，說：「妳會跟過來，是有什麼能把我們救出去的計劃嗎？」

「我……呃……」曉澄一時語塞，說不出話來。

「有勇無謀是不能當偵探的喔。」梓萱無心譏諷卻一語中的，直接讓曉澄低下了頭。

「沒關係，我反而覺得妳來得正好，」我輕輕在曉澄肩膀拍了一下，說：「多虧有妳，讓我知道這裡到底是什麼空間了……」

「真的？」梓萱側著頭看我。

我點點頭，說：「剛才……那個男生碰到我了。」

曉澄一聽，立刻睜大眼睛說：「欸？所以現在換你當鬼了嗎？」

「不對，好像不是這樣。」

我看向那名男學生，他仍靜靜地站在原地。

而就在他碰到我的那一刻，一連串的記憶畫面如洪水般湧入我的腦海，有他的，也有我的……

體育館裡，他被逼著在眼睛綁上布條、跟大家玩鬼抓人的遊戲，但這是一場不公平的遊戲。

他本來就跑得比別慢，加上眼睛什麼都看不到，只能像瞎子一樣在體育館裡亂跑亂摸，永遠也抓不到人。

直到他體力耗盡，順著牆壁蹲在角落休息的時候，其他人卻不想放過他。

「喂！快點起來繼續抓人啊！」

「哪有鬼在休息的啦！」

「你不抓到人，那我們要怎麼換人玩？」

周圍的同學們開始拿各種東西丟他，逼他起來繼續抓人，但他只是蹲在地上喘氣，全身沒有半點力氣了。

看到這幅畫面時，我的胸口像被掐住一樣，跟著感到窒息。

因為我看到的是他的畫面，聽到的卻是我的名字。

「又換昊祺當鬼了，大家快跑！」

「快點來抓我啊，抓不到抓不到，哈哈！」

「爛死了，每次都抓不到人！」

我跟他擁有同樣的記憶。

我跟他一樣，都當過那個永遠抓不到人的鬼。

最後，我看到他的身體慢慢倒下，像一具斷電的機器，趴在地上再也沒有了動靜。

而那些同學只看了一眼就笑著跑掉了，大家都以為他在裝死，沒人相信他是真的不行了。

那些人把他一個人遺棄在這裡，這就是這個空間的真面目，一個由他當鬼、卻永遠都抓不到人的死亡輪迴。

但剛才他明明碰到我了，我卻沒有事情，為什麼？

因為他要的不是抓到人，而是要結束這場遊戲。

我深呼吸一口氣，站起身來，說：「如果我想的沒錯，要讓鬼抓人的遊戲結束，只有一個方法。」

接著，我邁開腳步，朝那男學生走過去。

他依然站在原地，垂著頭一動不動，就像一尊被時間遺忘的雕像。

曉澄見狀，連忙叫住我：「昊祺哥，等等！你要做什麼？」

「沒事的。」我回頭，給她一個安心的笑容：「我知道為什麼這個遊戲那麼強調十分鐘這個時間了。」

鬼抓人，本來就是下課十分鐘的專屬遊戲。

這個遊戲並不會因為鬼抓到人而結束，而是由另一個人當鬼，繼續遊戲。

只有一種情況，鬼抓人的遊戲才會真的結束。

我走到男學生面前，看著他被遮住的眼睛，然後輕聲說出了那句話。

「上課了。」

短短三個字，他的身體卻像被閃電擊中一樣，猛然一震。

這三個字本身就帶有魔法，當十分鐘到，上課鐘響、大家口中紛紛喊著「上課了」的時候，不管學生們在玩什麼遊戲，全部都會馬上終止。

我又補了一句：「上課了，回教室吧。」

他輕輕抖動著嘴唇，跟我一起重複了那三個字：「……上課了。」

就在這時，上課的鐘聲響起了。

不是從校園的廣播裡傳出來的，而是從我們的腳底下、從這個空間的深處發出來的。

「老師！快點回來！」梓萱突然焦急地朝我大叫。

不用梓萱提醒我也感覺到了，這個空間正在崩塌。

隨著上課鐘聲的每個音節，整間體育館開始出現裂縫，牆壁像是受不了壓力般剝落倒塌，天花板也像是頂不住壓力似的開始往下沉。

我看了男學生最後一眼，他終於露出了笑容，因為他終於能從這個無限輪迴的空間中解放了。

「大家過來，靠在一起！」

我轉身衝向曉澄與梓萱，她們也同時奔過來，我們三人緊緊靠在一起。

四周塌陷的聲音越來越大，像是整個空間都在崩潰。

我抬起頭，看見體育館的屋頂已經完全崩裂，正從我們頭上墜落下來。

我閉上眼睛，低下頭，把梓萱跟曉澄緊緊抱在懷裡，準備用自己的身體迎接衝擊。

但等了幾秒後，屋頂並沒有砸下來。

周圍建築崩裂的聲音也消失了。

取而代之的是一群熟悉的聲音。

「是老師他們！他們回來了！」

「會長也回來了！」

我睜開眼，發現我們已經回到現實，正站在原本的體育館裡，而靖儀、少庭、淳毓正朝我們奔跑過來。

淳毓是跑最快的，一看見梓萱，他馬上就哭出來，整張臉都漲紅了。

「會長……妳……妳真的回來了……」

梓萱呆了一下，像是還沒準備好迎接這麼劇烈的情緒。

她看著圍繞在身邊的每張臉，然後歪了一下頭，像是終於找到一句話來作為她的感想。

「我不在的這段時間……學校到底發生了多少事情啊？」

******

明明不是社團活動的日子，曉澄卻在放學時間傳訊息給我，叫我去社室找她一下。

今天不用打工，我本來打算在家裡好好休息打遊戲，正準備拒絕她時，她的下一句訊息就讓我坐不住了。

「你的鐘點費下來了，你不要的話我就拿走囉！」

看到關鍵字，我急忙放下手中的PS把手，直接衝去了學校。

放學時間，學生幾乎都已經離開了，我推開門走進社室，發現裡面除了曉澄和靖儀之外，還有另一個人也在，那就是終於回歸的學生會長，林梓萱。

「昊祺哥，你終於來啦。」曉澄笑著對我招手，然後朝梓萱指了一下，說：「鐘點費是會長大人親自送來的喔，你還不快謝謝人家？」

我還沒說話，梓萱已經先站起來說：「不用客氣，要不是偵探社社長偷懶，這些早就該給你了。」

梓萱一邊把裝有鐘點費的信封袋給我，我不知道鐘點費的行情是多少，不過從厚度來看，這未免也太多了。

我掂量著信封的重量，懷疑地問：「這……社團老師的鐘點費真的有這麼多嗎？」

「這是我特別申請的，我失蹤的這段時間裡，偵探社好像幫其他社團解決了許多難題，特別是老師，很多社長都跟我稱讚你的表現。」

像是料到曉澄會吃醋似的，梓萱隨即轉向另外兩人，同樣致謝道：「兩位也辛苦了，這段時間謝謝妳們的幫忙，特別是曉澄同學，若妳沒有成立偵探社，我可能還回不來呢。」

「這……會長也太客氣了……」曉澄不好意思地搔著臉。

既然梓萱都這麼說了，我便識相地把信封放進口袋，接著問：「那妳失蹤的事情呢？最後怎麼處理？」

梓萱嘆了口氣，平靜地說：「還能怎麼辦？我就說我身為學生會長還要兼顧學業，壓力實在太大了，所以翹家出去玩了一個多月，對於造成大家困擾，浪費社會資源感到十分道歉，我知道錯了，大概就是這樣，雖然我也被罵得很慘就是了。」

「咦？妳不跟他們說實話嗎？」

「說我被鬼抓到另一個空間？不可能啦。」梓萱聳著肩膀，無奈地說：「他們不會相信的，與其讓他們懷疑我說謊，不如直接給大人一個他們最想聽到的說法比較乾脆。」

聽她如此平靜地說出這些話，我越來越佩服梓萱了，她果然不是一般的高中生。

梓萱這時頓了一下，又說：「其實……在考慮要廢社的社團名單裡，偵探社正好排在下一個。」

「咦？真的嗎？」曉澄瞬間緊張起來。

「放心吧，聽說你們的事情後，我怎麼可能廢除偵探社呢？」梓萱微微一笑，在空中畫了一個勾，說：「偵探社，保留！」

曉澄鬆了一口氣，癱坐在椅子上說：「呼，嚇死我了……」

靖儀則是笑嘻嘻地說：「那接下來請會長幫我們打廣告，學校裡如果有什麼怪事，都可以委託我們偵探社喔。」

「一定會的。」

梓萱笑了笑，正要走向門口離開時，她突然轉頭對我說：「對了，老師，我有在二手書店看到你以前寫的小說，我有買來看喔。」

「啊？真的假的？」

「嗯，很好看喔。」

她眨眨眼睛，露出一抹鼓勵的微笑，然後轉身離開了偵探社。

我看著梓萱的背影，心裡有種無法形容的喜悅。

或許，經歷過這些詭異神奇的冒險後，是時候該重新開始寫作了……就從偵探社開始寫起，好像也不錯。

國家圖書館出版品預行編目(CIP)資料

什麼鬼社團：高中社團靈異事件簿/
路邊攤著. -- 初版. -- 臺北市：臺灣
東販股份有限公司, 2025.07
194面；14.7×21公分
ISBN 978-626-437-012-7(平裝)

863.57 114008320

什麼鬼社團

高中社團靈異事件簿

2025 年 8 月 1 日初版第一刷發行

作　　者　路邊攤
編　　輯　王靖婷
書封繪圖　陳郁涵
設　　計　林佩儀
發 行 人　若森稔雄
發 行 所　台灣東販股份有限公司
＜地址＞台北市南京東路 4 段 130 號 2F-1
＜電話＞（02）2577-8878
＜傳真＞（02）2577-8896
＜網址＞ https://www.tohan.com.tw
郵撥帳號　1405049-4
法律顧問　蕭雄淋律師
總 經 銷　聯合發行股份有限公司
＜電話＞（02）2917-8022

TOHAN